KB260431

짧고도
긴
편지

짧고도 긴 편지
황영순 시집

초판 1쇄 | 2008년 9월 30일
초판 2쇄 | 2011년 5월 20일

지은이 | 황영순
펴낸이 | 신현운
펴는곳 | 연인M&B
디자인 | 이희정
기 획 | 여인화
등 록 | 2000년 3월 7일 제2-3037호
주 소 | 143-874 서울특별시 광진구 자양동 (680-25호(2층)
전 화 | (02)455-3987 팩스 | (02)3437-5975
홈주소 | www.yeoninmb.co.kr
이메일 | yeonin7@hanmail.net

값 7,000원

ISBN 978-89-6253-008-7 03810

* 이 책은 전라북도 문예진흥기금을 일부 지원받았습니다.

짧고도 긴 편지

황영순 시집

연인 M&B

나의 詩여, 푸른 하늘로 저 벌판으로 날아가라.

높고 빛나는 그대들 사는 그곳까지 날아서 가라. 민들레 꽃 씨여! 진실로 내 짧은 언어는 긴 만리장성을 쌓듯 오래 꿈을 꾸었고 마음에 그립게 머물러 기쁨이 되기도 또 아픔으로 걸어 오기도 하였다.

나의 내면에서 끊임없이 솟구치는 詩와의 말 걸기는 목숨의 궁휼함에 있었으며 새벽빛으로 일어서는 순간들이었기에 하늘의 은총이며 내 삶의 축제라고 이름을 붙여 본다. 설령 그것이 혼자서 꾸는 꿈이었다 할지라도 심연으로부터 솟아오르는 물줄기였고 세상을 향해 띄워 올린 꿈의 별이며 정신의 무지개였음에랴.

이 시집을 묶는 동안 철저히 혼자 골똘하였고 그리하였기에 조금 의젓해진 내 모습이다. 詩로써 끊임없이 삶을 녹여내기도 샘솟기도 비상하기도 하는 그러한 생명력으로 나는 내 초라한 것들을 詩의 힘을 빌려 여기 한 줌 빛으로 선보이게 되었다.

시단에 들어선 지 스물네 해 된 지금에야 작은 불빛이 새어 나옴을 본다. 뭔가가 조금은 보이는 듯 알 듯도 하다. 이제 이 길로 걸어가면 되리라. 시인은 외롭고 불행한 듯 보이나 그 영혼의 비밀 안에 고통스러운 걸 은유와 상징과 풍경으로 표현하는 사람이다. 나는 현실에 갇혀 있었으나 갇혀 있지 않았으며 내 영혼이 고독하였으나 긍정의 힘을 빌려 즐거운 창조적인 힘을 얻기 위해서 늘 떠나고 떠나왔다 앞으로도 그럴 것이다.

한동안 우울증으로 아팠었지만 어느 때에도 나는 詩를 떠나 살 수는 없었다. 이렇게 숙명처럼 줄곧 시를 살아오고 있다. 내가 쓰는 나의 시는 내 모습이요, 내 인생이고 나의 철학이며 내 존재의 영역이다. 詩 편편마다 혼을 담아 날개를 달아주었으나 아직도 많이 부족하다.

누가 시인을 가난하다 일렀는가? 시인은 자기 자신의 영혼을 깊이 들여다보는 존재며 그 정신 또한 풍요롭다. 한사코 꿈꾸는 씨앗처럼 삶의 껍질을 깨내고 있는 이 작업, 詩業에 자기의 전부를 다 바치는 진지함과 엄숙함이 여기에 있다.

이번 네 번째 시집에 한여름의 무더위에도 나의 詩世界를 평설해 주기 위해 내 詩를 읽어주시고 수고를 마다않으신 이동희 박사님과 연인M&B 신현운 사장님의 아낌없는 성원에 마음으로의 깊은 존경과 감사를 드린다.

2008년 여름에

황영순

4부 그대를 그리네

1부 민들레

민들레

나는 이른 봄날의 짧고도 긴 편지예요
세상의 낮은 곳마다 환생의 꿈을 선물하는
예쁘지 않지만 뽐내지도 않는 모습
모진 겨울을 딛고 봄이면 꿈의 등불로
되살아나는 내 이름은 민들레예요
누군가의 마음에 가닿으리라는 그 소망 간절하여
하느님은 이 못난 나에게도 힘을 주셨어요
세상 어디든 날아가는 기적을 주셨어요
굳세게 잘살라고 용기를 주셨어요
누군가는 나를 캐어 나물 무쳐 먹고
또 누군가는 약을 해 먹고
그 누군가는 아무것도 아니라고 발길질로 못살게 굴어도
미소 지으며 참고 견디는 건 쉬운 일 아니지만
내 마음은 자연처럼 편안한 모습
망망한 시간과 공간을 넘어 바람 타고 하늘로
저 언덕 들판으로 있는 힘을 다해 끝까지 날아서 가요
누군가의 마음에 가닿아 뿌리내리리라는
나는 이른 봄날의 짧고도 긴 편지예요.

당신

어느 날 문득 깨어 보니 내 안에 고즈넉한 빛
소박한 향기로 온 내 반쪽이 서 있었네
너무나 가까워서 잘 그릴 수 없던 당신인데
오늘에야 우러를 수 있는 심안을 주다니

힘들고 고단한 세월 속에서도
나의 등을 다독이며 슬기롭게 삶 꾸려주는 보람인데
보이는 것만이 전부인 양 때론 밀어내고 짜증낸 거 아닌지
지금 내 작은 모습 부끄러워 고개 숙이네

우리 서로 만나서 꿈도 키웠고
시들할 땐 채워주며 믿음을 쌓아온 우리 사이
멈출 수 없는 한 줄기 노래로 피어나는 내 사랑아
지금 나는 고마워 감사해 눈물이 나네

내 마음속 맑게 흐르고 있는 아아, 이 공기
퍼내고 또 퍼내어도 다시금 솟구치는
깊고도 시원한 당신이란 샘물
어루만지고 쓰다듬으며 내 안에 기쁨으로 넘나드네.

내 옆이 굳건히 버티었으므로

나는 늘 꿈꾸었다
배롱나무 옆의 금낭화이었으면 했다
푸른 아미 천진한 눈망울로
슬픈 일쯤 아픈 일쯤 있으면 또 어때
웃음 날리며 어둠이 몰려와도
총총히 빛나는 별 바라보며
시간을 넘고 생각 또한 넘어서서
있음과 없음의 헐린 틈 사이로
안개밭 지나고 하늬바람 건너고 뙤약볕도 견디며
세월의 나이테를 그려가며 걸어 걸어서 온
아득한 천 날의 불그레한 안쪽 그 샛길로 오래도록
한 겹 또 한 겹 마음의 등을 켜고 때론
눈 흘기던 미운 이도 보듬어가며 보란 듯 꽃피었다
날 흐리어 울고 싶을 때 있었어도
내 인생의 아침과 한낮과 저녁 사이를
투명하게 나누며 가는 길 작은 꽃잎으로
나는 그늘지지도 어둡지도 않았다
따뜻한 배롱나무 옆의 금낭화로 피어 있었다
내 옆이 이제도록 굳건히 버티었으므로.

오월애(五月愛)와 시월애(詩月愛)

계절의 꽃송이들 불 뿜듯 솟구쳐 오면
오월 푸른 꽃그늘에 앉아 네 생각한다
나 오월애(五月愛)*는 문득 깨달음이 된다
그 봄 잠깐이다. 철든 시월이 일러주기에
오월이 시월(詩月)에게로 가 오늘 꽃피고 피려 한다
가슴 깊이 보듬어 물든 은행나무 몸이고 잎이라면 꿈일까
초췌해진 삶의 가지마다 연초록 피를 찍어
음표를 매달아 주던 오월이 시월처럼 산다
진홍의 정을 나눠 가지며 찌그러진 삶을 펴며
결국은 오월이 시월로 차분히 물들다
모든 생의 꽃소식은 피고 지는 그 사이에
크고 작은 열매를 매달고 어우러지니 어여쁘다
귀하고 살뜰히 오늘을 살다 은은하게 익어가는
이 계절에 우리 행복해도 되는가
의연하게 서도 되는가
늘 변화의 바람이고 싶은 나의 시간은
어여쁨 지난 철인데도 간절히 불 켠
지난 추억들로 가슴에 등불 매달아 서너 점 실한
나무에게서 위안받고 있는 것을
서녘 해지기 전 내 전부인 시월애(詩月愛)에게
살아 있는 날의 진정성으로 물들어 편안한 것을
五月愛는 詩月愛가 있어서 안심이다.

* 오월애(五月愛) : 나의 雅號.

인생길, 그 U턴

나는 간다. 끝없는 그 길을
직진 또 직진을 거듭하며
그러나 어제의 그 길은 아니지만
어제의 내가 그랬듯 아주 가지는 않고
그냥 그렇게 새잎 돋듯 꽃잎 지듯
푸른 잎 단풍철을 지나서 생각에 잠겨 본다
말이 없어도 따스하게 전해 오는
누이의 마음 안쪽 그 길을 간다
조금은 유연하게 U턴이란 걸 해 본다
크게 기쁠 것도 슬플 것도 없는 오늘
이순의 평상심의 편안함으로
고단한 어깨 다독거리며 그 길을 간다
구불구불 아흔아홉 굽이길
천근만근 무거운 저녁 해으스름에
아직도 그 길을 간다. 인생의
밝지 못한 길눈을 하고서 천천히
나를 찾아서 다시 U턴 또다시 U턴
처음으로 U턴이라는 걸 해 보는 듯이
이제도록 그 길이 서툴다 내 인생이
여직 물들지 못한 삶의 전부
생의 운전은 연습할 수 없어 아직도 미지수다.

아가의 첫돌

—최은서 첫돌에

온 천지에 봄 오는 소리
네가 온 날은 꽃잎 방글거리는 계절
사랑하는 아가의 첫봄이
환한 꿈으로 밝아왔다
내 뜰 안 옹근 희망의 나무
우리들은 손을 흔들어 다 같이 축복했다
하늘 아래 한 점 이렇듯 반짝이는
영롱한 꿈 아가를 누구 본 적이 있나
우리의 온갖 소망이 담긴
우리의 온갖 정성이 담긴
널 바라보면 힘이 샘솟고
널 안아보면 마음이 부풀어 올라
엄마 젖 물고 일 년
어느덧 첫돌이란다
아가야 사랑 속에 봄빛이 되어라
아가야 꿈을 키워 큰사람 되어라.

서완아! 우리 아가야

―최서완 첫돌에

하루 스물네 시간
눈뜬 날들의 전부를
아니 꿈에서조차 기쁨으로 오는
아가, 내 손자 서완아!
우리들은 온 힘을 다해
세상에서 제일 예쁜 널 숨 쉰단다
마음 안 가장 맑은 너를 보듬어 살고 있다
명민한 네 모습 어느 한 곳
희망 아닌 게 없구나. 넌 우리 집의 아침 해
너 낳던 날의 고통과 그 환희로움으로
네 어미 아비는 세상의 모든 산과 강을 건너가고 있다
여린 너의 두 손 잡고 어디엔들 못 가라
가슴 더워오는 내 핏줄 서완아!
방긋 웃는 너와 함께
우리 모두는 새로이 태어났다
밝아올 내일의 멋진 꿈과 함께
우리들 가슴마다 넘치는
행복의 열매, 열매야
하루 스물네 시간
눈뜬 날들의 전부를
아니 꿈에서조차 축복으로 오는
아가야, 우리 희망 천사야!

지난 한 십 년 그 이후로도 1

지난 한 십 년 그 이후로도
나는 담을 넘지 않기 위해
집 안에만 들어앉아 한 그루로
순순하게 못 박혀 살고 있다
낯선 것은 물론 내 뜰 아래서는
익숙한 놀이도 삼가하였다
공기나 다름없는 전화는 물론
모든 길과도 깜깜하게 지냈다
내 나라는 하얀 눈밭
고십 센 눈송이민 쌓이고
그런 하양 속에서 외출은 물론
친구들의 이름도 조금씩 잊어갔다
빈 마음으로 책이나 읽고
음악을 들으면서 내 여읜 분홍 발목은
아무런 흔적도 남기기를 싫어하였다
마루로 방에서 주방으로 걸레질이나 치면서
해 아래 조용히 멈추어 삭아가고 있었다
무명의 안채에서 착한 주인을 섬기면서……

지난 한 십 년 그 이후로도 2

지난 한 십 년 그 이후로도
들쭉이 날쭉이로 살지 않았다
가슴에다 못질할 그 어떤 이름 하나
애끓게 지니지 아니하였다
깨끗하게 깨끗하게 비어 있었다
애먼글면 속 터지는 춘삼월
오뉴월 아픈 꽃그늘 하며
한 점 바람으로 다가설 일
눈썹 하나 흩날릴 일 아예 없었다
춥디추운 겨울의 끝에서
뼛속 깊숙한 그리움을 재우며
작은 우주를 가슴으로 헤아릴 뿐
내 뿌리는 울안 깊숙이 발을 묻었었다.

지난 한 십 년 그 이후로도 3

시인이 시를 안 쓰면
누가 시를 쓰냐며
남해, 여수, 통영, 부산, 경주, 춘천, 강릉으로
선암사, 송광사, 화엄사, 부석사, 불국사, 백담사로
바다와 산과 들을 건너 동에서 서으로
아름다운 산하를 돌고 돌아서
길 위에 서서 길이 되고 싶어 하던
그대의 기도를 가슴으로 듣는 나
우리 살아가는 날 중에
바람 부는 날
눈비 오는 날
때로는 태풍이 할퀴어 상흔으로 멍든 날도 있다면서
따뜻한 가슴으로 날 감싸준 그대
지난 한 동안의 아픔을
아니 한 생애를 깊고 깊은 샘물 퍼 올리어
상처난 내 몸피 부드럽게 씻겨준 사람
가파른 언덕길 두 손 잡아 끌어주며
가자, 가자, 쓰러지면 안 된다 날개를 달 때까지
힘내라, 내 사랑아
그런 그대 있어 난 행복하다
내 마음에 불꽃을 피우기에 마음을 다하던
첫날 내게 부서지던 그 햇살 같은
그런 그대 있어 나는 시를 읊나니
인생을 써 내려가나니.

꽃의 진실

지구 안쪽 바람에 쏠리는 춘란 한 분
마음을 비우며 살았다는데
입춘 우수 다 지나가고
그만 끝인가 했는데
청명 곡우 그 절기를 알고
화들짝 소식을 달았다
불러도 응답 없이 詩 속으로 들어가
가부좌를 틀었다는데
몇 천 년의 긴 겨울밤을 지나온 자리
황홀한 춤으로 피었다
오오 장한 시간의 힘이
그늘을 박차고 생기로 밝았다
오늘 활짝 열었다.

순백의 행복

깨끗함이 아름다워요
아름다운 것 중의 제일은
바로 깨끗함이다
깨끗이 정돈된 공간은 아름답다
깨끗이 목욕한 후 산뜻하게 단장한 사람은 아름답다
산과 들, 마을 집과 골목, 샛강과 바다, 나무나 풀잎들도
어느 하루 눈물처럼 내린 비에 씻겨진 상큼함이라니
하물며 씻긴 영혼은 얼마나 아름다우랴
유혹을 물리치는 저 강인한 마음은
이 세상의 가장 믿음직스러운 깨끗함이다
길을 가다 느닷없이 달려든 자동차가 뿌려준
더러운 물세례를 온몸에 받고
엉엉 울어 본 사람은 알 것이다
어디에도 호소할 길 없는
어이없음, 이 난감함이라니……
그러나 깨끗함은 아름다워요를
생활에 실천하고 있는 한 두려움은 없다
하물며 씻긴 영혼은 얼마나 아름다우랴.

꿈의 주소

아침에 일어나 하늘을 보듯
나에겐 꿈이 있어요
오늘로 미래로 뻗어가는 꿈을 꾸어요
저 하늘 향한 내 꿈이 자라나
작은 별로 떠올라요
그 어떤 상황이나 아픔이 와도
희망을 찾아 아침 해 되어
그렇게 떠올라요 역경이 와도
난 꿈의 주소를 날마다 바라보고 있어요
아주 먼 옛날부터 이제도록
설렘으로 한없이 바라보고 있어요
그러나 꿈의 주소는 꿈 그 뿐이라고
사람들은 말하지만 난 그 꿈 버릴 수 없어요
마음속에 환한 오늘의 꿈
난 꿈을 품었죠 멋지고 근사한 꿈을
꿈이 있어 처음인 듯 살아갈 수 있어요
꿈에 안긴 내 인생이 아름다워요
꿈을 잃으면 모두를 잃는 것
살아 있는 한 꿈과 이상은 영원한 목표
때로는 힘들고 외롭고 슬플지라도
날마다 꿈을 향해 가고 또 가요
혼자서도 당당하게 꿈길을 가요.

문, 처음처럼 열다

냉정하게 버렸던 바깥세상
굳게 닫았던 마음의 문, 처음처럼 열다
흘러가는 한 줄기 속으로 흐르기 시작한다
한 목숨이 다시 꿈꾼다
아버지 나를 지극히 사랑하셨음을
은총에 눈이 떠져서 비로소 알아차린다
삶이란 바퀴의 테 마냥 위로 아래로
옆에서 옆으로 늘 바뀌는 것
나도 고치고 고치고 또 고쳐지고 다져져서
삶의 중심 안으로 겸허히 나아간다
살아간다는 것은
점 하나씩 아름다운 문양으로 새겨가는 것
조금쯤은 더 아름답기 위해
나날을 가꿔가는 길
아버지 내 허물과 죄까지도 전부 사랑했듯
나를 헤친 그 누군가를 사랑하는 일
힘들고 어렵지만 모두를 위한 기도 바친다
나 오늘 오래 잊혀진 사람에게로
내가 살아 있다는 표시
환하게 환하게 불을 켠다.

스스로를 동트게 하는

매일 매일이 그저 그런 날이다
아니다 오늘은 가장 빛나는 새 아침이다
새 길이다 삶의 길 하나가 보이지 않던 시간이
새롭게 열려 스스로를 동트게 하는
그 길과 맞닿은 길
그래서 오늘의 길이 예사롭지가 않다 아침은
고난과 시련을 견뎌 더욱 각별하다
천만 년쯤 불러 볼 사랑의 몸인 그대 더불어
이 길을 두려움과 설렘으로 가고 있다
단순한 가슴 하나만을 가지고
깊고 고요해진 얼굴로 절실한 기도가 되어
전 생애를 무겁게 업고 가는 중이다
사랑의 행군이다
아버지 뜻으로 새롭게 세워가는 새나라
은빛 날개를 꿈꾸며 오늘의 새길 위로
긴 발자국을 놓으며 푸르게 가고 있다
가고 또 가는 길 꿈결 같은 하나의 길이다
세상에서 지고 돌아온 흐느껴 울어 본 사람만이
아프게 아는 엉킨 실타래를 아버지와 함께
풀어내는 기쁨, 이 넉넉한 평화를 굽어보면서
겸손 된 하루하루를 바치려고 결심한다
어디에서고 순탄한 길은 길 아니다 하루가 힘들고
한 걸음 한 걸음이 고행이지만 기꺼이 순명하는
오늘과 내일 나와 너의 삶 우리 사는 세상.

나는 지금 새벽 속에 서 있다

넘어질 줄 알았기에
고통 속에 하염없이 울었기에
나는 성숙하였다

모진 추위와 겨울이 있었기에
새 봄이 오듯이
나는 지금 새벽 속에 서 있다

"나 너와 함께 있으니 두려워하지 마라."*

누구의 손길인지 바람이 분다
온갖 두려움에서 건져주는 말

"너의 힘을 북돋우고 너를 도와주리라."*

* 이사야서 41, 10.

시간 속 향기 피워내기

깊숙이 간직해 둔다. 귀한 것은
아무에게도 보여주지 않는다
은밀하게 보관한다 세상을 향해
이런 것도 있다고 어느 날 보란 듯
내놓기 위해 되도록이면 있는 듯 없는 듯
숨겨 둠이 마땅하고 마땅하다
언젠가 꼭 필요할 때 요긴하게 써야만 하는
보석 중의 진수 널 어떻게 보관할까
품격이 있고 무게와 은은한 향기까지
멋도 지녔다 은은하게 아으 요렇게 신기하게도 내게
왔다 따지고 보면 희귀한 난인 양 아끼는 품이
오랫동안 잠도 못자고 접신한 셈이다
즐거워라 아침마다 밤마다
아으 아으 요렇게 신기하게도 은밀히
꺼냈다가 도로 깊숙이 나만의 보석 비다듬다
갑갑해요 나를 좀 풀어줘요 아으 요놈, 요놈
그러나 혼자서 가는 그 먼 여로가 힘들지 아니한 것은
언젠가 행운의 카드처럼 세상을 향해
아으 아으 기다림의 시간 속 향기 피워내기다.

2부 늘 그리운 나의 별

따뜻한 아침의 시(詩)

아침에 일어나면 네 생각뿐이다
한결같은 얼굴이자
도로 맨 가슴이지만 꽃잎인 양 새인 듯
구 구 구 소리내어 펼쳐본다

세상엔 수없는 산, 강, 바람, 안개, 별, 나무, 꽃, 풀……
복음을 들려주는 우주
신의 은총에 둘러싸인 당신, 당신, 당신들
찾아가고픈 그리움뿐인데

그중 운치 있고 격 있는
네 품 안을 찾는 것은
오늘이라는 선택, 네가 주는 의미가
너무 크기 때문이다

아침에 일어나면 오직 아미타불이다
한결같은 얼굴이자 또 제각각 눈이어서 기쁠 일 슬플 것도
따로 새로울 것도 없는 대지에 발을 딛고서
무엇을 찾아 어디로 갈 것인가 지도를 본다

세상엔 수많은 섬, 섬, 섬……
깊은 아픈 기억들이 놓여 있지만
오늘 외롭고 힘든 나를 푸르게 일으켜 세울
내가 그리는 그 섬은 있기나 한 것일까

이 세상에 그런 초록의 섬, 기쁨의 말들

작은 풀꽃도 눈부실 우리 나누며 가꿔야 할 그런 땅

따뜻한 아침, 널 찾아가는 그곳이 음악처럼 스미는 그득함
으로

맨 나중 사랑도 내 안으로 걸어오는 밝음이기를……．

악곡(樂曲)

32

처음이란 다 이렇게 간절한 긴장이런가
목숨을 건 일의 시초, 분명 신의 뜻이다
떨리는 가슴으로 첫음절을 골라 본다
오래 마음으로 켜고 싶던 악기를
흠모하여 애간장 타는 한 계절
이건 순전히 일방적인 한쪽의 생각일까
어렵다. 첫 발걸음은 빙판을 내딛 듯
중심을 못 잡고 허둥거려 내 희망과
생각들이 아직은 꿈일 뿐이기에
내일이란 빙판은 늘 오늘 된 낯선 공기
그래서 두렵고 도달하기 어려운 무대다
곡을 고르고 또 연습하다 보면 음악에
자신감이 생길까, 그 에 익숙해질까
오래 얼었던 가슴은 쉬 녹을 줄 모르는데
어느 세월 널 품에 안고 노래할 수 있을까
대책 없는 이 한계를 어쩔 것인가
긴장을 풀고 거듭거듭 연주하다 보면
나도 그 몸 어디쯤 환희에 도달할 수 있을지
베토벤은 귀가 멀었어도 영혼의 소리로
세계인을 황홀경에 빠뜨렸고 모든 이들에게
운명이란 곡을 공유토록 했는데
나의 이 눈물겨운 손가락은 어찌될 것인가
피눈물나는 좌절과 고통 이기고
마침내 이르러서 그 몸 켤 수 있을 때 돌아올지 몰라.

나의 아침이 내 생을 봄풀처럼 일어서게 하나 봐

모든 날들의 아침이 일어서고 있다
간혹 눈먼 세월이고도 싶은
또 꿈은 먼 곳에 있다 하여도
아침은 반짝이는 빛이며 길이다
생명이 있으므로 꽃일 수 있는
이 한없는 떨림, 떨림
시선을 한곳에 못 박고 없는 듯 떠다니는
실은 온몸이 울음이지만
음표다. 느낌표다
삶의 자리에서 매번 넘어서고 있음에랴
주어진 시간이 얼마일지 몰라도
마지막 한 방울 그 순간까지
아침을 퍼 올리면 되리라
나의 아침이 내 생을 봄풀처럼 일어서게 하나 봐.

산

―그리운 이로부터 책을 받고서

단숨에 저 언덕 너머로 달려갈 수 있을까
나는 너 하나로 그 무겁던
생의 길눈 터 날개를 달듯이 가벼워졌다

온 가슴은 네 노래에 씻겨
복더위도 서늘하게 행복한
푸른 파도 소리로 출렁이는 그리움임을……

침대엔 새하얀 모시이불 깔고 누우니
네가 하늘만큼 넘치게 흘러 들어오고
그토록 보고 싶었던 너의 전부를 뜨겁게 안아 보았어라

옷깃 여미지 않고도
창문 닫아걸지 않고도 먼 하늘 저 산 내 안에 들 듯
넘치는 네 기상 보며 세상이 다 알아듣도록 환호하구나

널 베고 널 안고 한평생을 못 하랴
평안히 웃고 있는 눈부신 네 가슴 들여다보면
하늘엔 듯 강물엔 듯 흰 구름 꽃구름이 흘러서 간다

한 그루 멋진 조선 소나무
사철 푸른 솔바람 소리로 가랑가랑 얘기 들려주는 뜻
나 어떻게 차마 잊을 수 있을까

나 어떻게 말할 수 있을까 그리움에 지친 맘
멀리서 바라봐도 가까이서 쓰다듬어 봐도
의젓하고 너그러운 자태, 세속의 티끌 어디에도 없어라

그토록 먼 곳에 있어도
나는 너 하나로 새로운 마음의 눈 하나 트이나니
이제 아무것도 바라지 않아라.

꿈꾸는 제주도

누구라도 꿈을 보고 싶다면
누구라도 꿈을 만나고 싶다면
제주도를 꿈꾸세요
살아서 만나는 꿈을 품어 보세요
붉은 해가 지기 전에
용기를 내세요
갓 잡아 올린 해산물과 파도 소리
날개를 꿈꾸는 그대에게
환상의 사랑도라고 말해 줄까요
푸른 하늘 푸른 파도 훨훨 날아 보세요
두려움과 위험이 따를지라도
신비의 길목을 지나 보세요
바람에게 길을 물어
보석처럼 피어 있는 천연기념물
그리움의 한란 한 분 소중히 안고 오세요
누구라도 꿈을 보고 싶다면
누구라도 꿈을 만나고 싶다면
제주도를 꿈꾸세요
살아서 만나는 꿈을 품어 보세요.

펜과 가슴

펜 하나 흰 노트 없었더라면
나는 어이 살았을꼬
무거운 한숨 어디다 부렸을꼬
홀로 베갯잇 어이 살았을꼬
맑고 따뜻한 햇볕 스며든 오늘
사랑스런 그대 눈, 이마와 가슴,
모두가 쨍하니 금이 가는 슬픔
내 영혼 찬란한 이 병을
뜨거운 가슴 하나 어디다 숨겼을꼬
봄 여름 가고 가을에 접어들어서
자꾸자꾸 이슬 맺히기 시작하네
조금씩 물들어 슬픔의 눈부심 깨닫게 되는
가을 되어 깊어진 내 마음에도 단풍 드네
봄 여름 부풀었던 뜨거운 바람은 자고
아, 비로소 가야 할 때를 사색해야 하는
그대 있어 아름다웠던 사랑의 날들을
흰 노트와 펜 하나에 위안을 삼고
애끓게 부르던 영혼의 선율만 가득해라.

가을에는 선문답처럼

꽃이 되어 오셨던 이
모두 떠나보내고
해 저문 늦가을 그대 앞에 돌아오면
남은 내 인생도 한 그루
은꽃이 되어 피어오를까

내 안 가득히 열리던 꿈이여
지금 웃고 있는가
내 안 가득히 흐르던 바람이여
지금 울고 있는가
내 안 가득히 타오르던 불꽃 저 산 노을이 되었는가,

무거웠던 짐 이제 다 내리고
모두를 벗어 버리고
오로지 저 하늘 향해 가고 가며는
남은 내 인생도 어둔 밤하늘
별꽃으로 반짝일 수 있을까

아아, 나는 누구이며
또 어느 먼 길 떠나려는가
가을에는 묻고 또 답 내고 싶은 시간
돌아보는 길목에 낙엽은 쌓이는데
애달파라 저 멀리 트럼펫 소리……

늘 그리운 나의 별

날 보고 있나요
늘 그리운 나의 별
말없이 속울음 우는
나를 보고 있나요

어디론가 떠나야 할 계절인데 어쩌면
자꾸자꾸 눈물에 젖어가네요
눈뜬 날들의 순간순간 모두 나의 주인이었던
눈감아도 보이는 그대, 날 보고 있나요

바라만 바라만 보며 아파했던 나를 기억이나 하나요
밀물져 왔지요 그대 파도
한 소절 노래였음에도 가슴 벅찼죠
또다시 찾아내야 할 그대 마음에 남아 있는데

음~음 어쩌면 어찌하면 좋을까요?

어딘가 알 수 없는 안개로부터
한 처음인 빛 속으로 죽을 때까지
찾아가야 할 운명, 우리 둘
이루지 못한 사랑은 별이 된다는 걸

언젠가 다시 만나는 날 기다리며
뒤돌며 뒤돌아보면서 떠나가고 있는데
늘 그리웠던 나의 별
날 보고 있나요 나를 보고 있나요.

너에게로 가고 싶어

꽃밭을 거닐 때나 오솔길 거닐 때면
내 마음 내 마음은
현란한 꽃으로 피어나
너에게로 가고 싶어 긴 생각에 잠긴다

거리를 거닐 때나 호반 벤치 앉아서도
내 마음 내 마음은
물오른 나무처럼 연두 가슴 초록 말로
너에게로 가고 싶어 긴 생각에 잠긴다

세상살이 어렵고 하늘에 먹구름 드리운 날에도
내 마음 내 마음은
하늘 향해 비상하는 새처럼 있는 힘을 다하여
너에게로 가고 싶어 긴 생각에 잠긴다

내 인생의 악보에 화려한 꽃과 사랑 가져다 준 너에게로
내 마음 내 마음은
부끄러워 선뜻 다가가지 못하고 가슴속 키워가는 사랑
너에게로 가고 싶어 긴 생각에 잠긴다.

너의 목소리

오지 않을 그 목소리
꿈결에 듣네
모든 낮과 밤을 열어 놓고
기다리오나 꿈이 된 사람

그런데 그런데 오늘 이 하루
꿈 너머 꿈속으로 하늘이 열렸네
거침없이 유쾌하게 그 목소리 들려오네
목숨의 길 열고 하늘이 열렸네

천하를 나 얻있네
천하를 다 찾았네
설레고 벅찬 맘 환희에 젖네
어디라 꿈엔들 생각이나 했던가

꿈길로만 나를 찾아 머뭇대던 그 사람
이제 그만 죽어도 좋을
얼싸안고 죽어도 좋을 그런 마음아
사무친 그리움 어느새 눈물 되네

내 맘 깊이 널 수놓아 진주 하나 키우리
내 안 깊이 꿈 하나 모든 슬픔 사라졌네
가슴속 초록 문양 너의 목소리
가슴속 초록 문양 너의 목소리.

기다림

그날은 언제 오려한가
마음속 환한 꽃등 켜고서
사무친 마음 포개져 우는
그 만남 언제이련가
그날은 침묵을 깨부수고
어둠을 깨부수고 그날은
기어이 오고야 말리라
어제도 오늘 밤도 잠 못 이뤄라
꿈을 품고 별밤 항해하는
진달래 꽃밭 세상 품에 안는 날
숨바꼭질 애태우며 다가오는
영원의 한순간은 우주적 사랑
우리 만남이 어찌 우연한 것이랴
억만 년을 기다려 온 사람
내가 여기에 있다.

저 붉은 꿈 하나

황홀하여라. 저 붉은 꿈 하나
빛을 열고 꽃의 예감으로 와라
끝없이 사무치던 깊은 샘가로
영원을 딛고 오는 물결로 솟구쳐라
남은 생애를 바쳐 얻고 싶은
다시 날아 보는 새의 날개가 되어
한 계절의 품속으로 날갯짓해 보는
그 하루는 한 채의 궁전이라
긴긴 날 비워두었던 정갈한 뜰에
천년 눈부신 사랑의 꽃 배롱나무
그리워, 아름다워, 특별해, 나의 푸른 하늘이 된
커다란 희망이었다가 혹은 절망이기도 하는
그러나 고통마저 황홀한 영혼의 사랑이여
오랜 갈망은 마음의 길에 서서
한 우주를 품었어라
저 붉은 꿈은 넉넉하여라
살아 있기에 어떤 경계도 없이
마음의 나침반을 따라가
꿈에게 기대며 쓰러져라 가서 안겨라
그대 내 운명의 깊은 안섶에 숨은 슬픈 기쁨.

내 마음속의 노래

아무리 생각해 봐도 가슴 벅찬
우리들 영혼 깊이 새겨가는
내 마음속의 노래
사랑의 꽃 한 송이 피었다 지는
믿음으로 사는 꽃씨의 맘
시인이 가고파 하는 길인 듯싶습니다

풀잎 같은 이슬 같은 몸짓을 하고
내 안의 또 다른 나를 찾아가는
가슴 한복판에 꽃씨를 뿌리는
어여쁜 꽃송이로 그의 가슴에 피어나는
한 목숨 송두리째 드리는 일이
얼마나 아름다운 기도인지 나는 압니다

한 송이 꽃 심던 그날도 비가 내렸습니다
그대 우러르며 꿈을 익히며
그렇게 몇 날 몇 밤이 지났습니다
우리들 영혼 깊이 새겨가는
꽃은 어둠을 뚫고 그리운 길목에
영혼의 신비한 얘기들을 새겨가고 있습니다

날이면 날마다 그렇게
밤이면 밤마다 그렇게
그대 하늘 꿈꾸며 마음 홀로 물들어가고 있습니다

그대 하늘 꿈꾸며 마음 홀로 뻗어가고 있습니다
봄 여름 가을 겨울 지나 세월은
햇빛 속에 달빛 속에 흘러가겠지요

그리고 먼 훗날 꽃씨는
이 세상 한복판에서 뜨겁게 기밀을 안고
긴 기다림 속 미래를 향해서 무지갯빛
꿈나무로 그의 생애를 살아가겠지만
그날 뿌린 씨앗은 민들레처럼
세상 곳곳에 사랑의 꽃을 피워낼 것입니다

아무리 생각해 봐도 가슴 벅찬
우리들 영혼 깊이 새겨가는
내 마음속의 노래
내 안의 또 다른 나를 찾아가는 기쁨
어여쁜 한 송이 작은 꽃 가만가만 피는 뜻
기도하며 사는 일 잘했다 싶습니다.

우리의 사랑이 시(詩)가 되게 하는

우리의 사랑은
얼마나 오랜 기다림이었던가
새날 신새벽이 그리웠다
언 땅에서의 차디찬 꿈은
또 얼마나 서러웠던 이야기인가
어딘가에 얽혀 묶인다는 것은
길고 긴 어둠, 아픔이었다
그러나 아버지는 날 사랑하시어
또 하나의 스텝을 밟게 하신다
새로운 자유의 삶을 내어주신다
움켜쥐었던 손을 쫘악 펴고
붙들고 있던 그네 줄을 놓게 하신다
비로소 아버지는 내 손을 잡고
내 가슴을 베어내
이 땅 저 하늘 위에로의
아름다운 비행을
꿈의 세계를 보여주신다
우리의 사랑이 시(詩)가 되게 하는
이제 나는 그분의 작품이다.

3부 그리움 하나

그리움 하나

수첩 속 간직했던 이름 지워지고
지난 세월도 다 잊혀지고
무심히 그렇게 빈 손 빈 몸으로
살아온 눈 내린 오랜 나날
문득 나를 보았네 아련히 생각 돋는
노을빛 그리움 한 줌 일어서며 기침하네
늦가을 하룻날 그 오랜 안개를 걷으며
생명의 준엄한 한 악장을 생각해 보네
절망의 시간을 희망으로 바꿀 수 있는
아직 가슴 따뜻한 한 시루의 꿈
하이얀 이 밥과 된장국 나물반찬 나란히 하고
한 모금 국화차향에 두 눈을 감고
내 인생에 향기를 수놓아 줄
부르면 기쁨으로 다가올 사람
전화를 걸며 부르고 싶은
이름만 떠올려도 눈물 어룽지게 하는
보고 싶은 그리움 하나.

꽃잎 피고 지는 마음

그 봄날 지난 지 언제던가, 언제던가
"꽃잎 피는 마음"이었다고 넌지시 바라보건만
눈뜨지 못한 내 입술 아무 말 못하네
아무 말 못하고 서러워 눈물 흘리네
사랑하면서 이렇듯 외로움뿐이라네
그리워하면서 이렇듯 슬픔뿐이라네
봄꿈이란 행여 착각만 같아서 그 약속 또한 허상일까 봐
펜 하나에 나를 싣고서 달려가네, 달려가네
목마른 시간들 닿을 길 없어 애태우네
그대 샘 그 깊이 알 수 없으니……

그 여름 지난 지 언제던가, 언제던가
"꽃잎 지는 마음"이라고 긴 밤을 홀로 울고 있지만
눈감을 수밖에 없는 내 심사 말 못하네
아무 말 못하고 서러워 눈물 흘리네
사랑을 하면서 늘 외로움뿐이었다네
그리워하면서 늘 슬픔뿐이었다네
여름이란 소문만 무성하여서 그 만남 또한 허망하여서
펜 하나에 나를 싣고 돌아오네, 돌아오네
멀리 있음이 가까운 거라고 누가 말했나
그대 샘 그 깊이 알 수 없으니…….

배롱나무

눈 감은 바위에도 피가 도는 날
영혼은 배롱나무 가지에 내려와 춤을 춘다

가장 내밀한 시간을 꽃피워 낼
불꽃을 그대도 나도 알겠지만도
시간 안에서 사랑의 힘으로
무릎 꿇어 간절히 기도하는 이에게
내려주시는 축복 또한 안다

여름의 여름 그 한가운데에서
백일 동안 피워 올리는 이름도 고와라 배롱나무
그의 그늘에 앉아 향기로운 한생을 그리나니
은혜로운 백날을 기다리시라
봄날이 저무는 걸 서러워 마시라

나는 아무것도 되지 못하였기에
시간 또한 사무쳐 있나니

세상의 한 끝에서 다른 또 한 끝을 올려다보며
더 이상 그대에게 닿을 수 없음을
하늘가에 쌓이는 그리움의 아련한 높이만큼
아래로 아래로 떨어져 내리는
절망과도 한몸 된 지금은

한 계절이 어찌하여 이토록 아름다운가를
눈꽃 되어 흩날릴 때를 또한 아나니

유한한 목숨의 길을 끄덕이며
지금의 이 계절을 꿈꿀 수밖에 없는
그 길밖에 알지 못하는
나를 용서하시라. 신이시여!

지상의 가장 높은 곳에 꿈을 매단 나는
앞만 보고 달려가는 맹목이다
맨 끝을 지나온 나는 지금 맨발이다
생의 찬란한 한 악장을 들여다보며
그의 첫 현을 조율하고 있음을…….

수호천사에 대한 마음

바로 지금 여기에서
서로에게 보내는 작은 표시
하여 가장 아름다운 선택이 된
꼭 필요한 눈빛 위해 쏟아지는 빛 하나
그대는 나의 수호천사입니다

바로 지금 여기에서
처음처럼 서로의 가슴으로 시작하는
그 첫맘 미미한 노래일지라도 하나의 움직임을
그대는 보고 듣고 기다리며
천년의 약속을 얼마나 든든해 하겠습니까

바로 지금 여기에서
우리의 진실함을 서로가 나누는 것
누르고 흔들어서 넘치도록 조건 없는 사랑
그대도 함께 기뻐하시며
우리는 또 얼마나 큰 행복이겠습니까

바로 지금 여기에서
그날 하나의 의미가 되어주었던 천사로 하여
나 절망하지 않고 눈물 흘리지 않느니
그대도 똑같이 느끼고 기도하며
서로에게 손잡아 준 일을 얼마나 감사하겠습니까

바로 지금 여기에서
우리가 결코 잊지 말아야 할 한 가지
사랑의 상실로 어느 모퉁이에서 눈물짓지 않도록
당신께서도 뜨겁게 껴안으며 배려해 주는 그 맘
나 버려진 거 같아 삶의 방향키를 바꾸지 않도록 붙잡아
주십시오

바로 지금 여기에서
서로에게 보내는 작은 표시
하여 가장 아름다운 선택이 된
꼭 필요한 눈빛 위해 쏟아지는 빛 하나
당신은 나의 천년 사랑입니다.

길 위에서의 내 생각 하나

짧은 밤 깊은 詩로 오솔길 따라
널 찾아가는 나는 생의 여행자이다
기쁨 반쯤 열리는 눈 열어 놓고
슬픔 반쯤 열리는 가슴 열어 두고
불 하나 밝히고 시간의 힘으로 너를 찾아가는
애태우는 한 포기 풀잎이다
찬란한 한 송이 바람이다
허나 지금은 짙은 안개 속에 있는
이 계절의 얼굴은 또 무엇이냐
분명 봄은 내 안을 서성였는데
허망함으로 지금 난 울고 있다
민망하다 길 위에서의 내 생각 하나
살아간다는 것은 정녕 무엇일까
처음부터 깊고 푸른 계절은
신기루였다 서늘하고 푸른 별밤을
혼자서 외롭게 지켰고
해뜨기만 해뜨기만을 기다렸다
문득 그리움이었고
사무친 시간 속 향기였다
난 너의 아픔을 듣는 사람이길 원하면서도
또 슬픈 모습을 지녔어라.

다시 봄날이 와서

다시 봄날이 와서 참을 수 없는 그리움
오래되어 서러운 그리움 때문에 나는 우네, 우네
저 푸르고 순한 이파리 현란한 꽃들 보면서
한 생애의 목마른 계절은
타는 맘 애절하게 노래 부르네

아~아 아직도 고전주의인 내 모습이 싫어라
아~~아 올 한 해의 봄날이 다 가네
올 한 해도 그 봄날이 다 가고 있네
뼈저린 이 슬픔 아파라
내 안의 서러움 다시 도지며 보채며 아파라, 아파라

다시 봄날이 와서 지워지지 않는 아픔이
또 다른 지운 아픔에게로 가서
울음보를 터뜨리네, 울음보를 터뜨리네
꿈이라는 집을 지을 수 없어 그 집 지을 수 없어
나는 우네, 우네, 우~~~네

우리 사이를 가로막는 이 현실
나는 하나의 섬이 되어버렸네
아무도 살지 않는 섬이 한 섬을 그리워하며
한 섬을 그~리~워하며
아~아~~나는 우네, 우네, 울~고~있~네.

시간 여행

인생이란 단 한번임에랴
하니 최선을 다해서 내가 할 수 있는 일
노래로써 찾아가는 이 길
주어진 하루가 새벽빛으로 일어서는 한
내 영혼 어디서든 영원까지 닿게 될 것이다
뜻 깊은 초대로 기쁨 준 사랑에게로
다가오는 모든 아침을 드리려 한다
꿈과 희망을 버리지 않고
앞이 잘 보이지 않는
또 다른 미래를 향해 나아갈 때에도
무한 사랑에게로 한 생애는 깨어 있어
두려움을 극복하는 힘이 샘솟곤 한다
생각만 해도 가슴 뛰는 그 안에서의
사랑은 끝없는 가능성의 무대
체험 또 새로움에 대한 다양한
삶과 상상력이 나를 살아 있게 한다
굳센 이 믿음만이 사랑하고 신뢰하는 힘이므로
오롯이 목표에게 가까이 갈 수 있는
유일한 길임을 포기할 때가 아님을
시간 여행을 통해서 비로소 알게 되었다.

몸에 기대어 1

하루하루가 상큼함 혹은 무의미
그렇다 몸에 기대어 아득히 떠돎
그로부터다
어떤 날은 불이 되었다가
또 어떤 날은 물이 되었다가
그 어떤 날은 아무것도 아닌 것에
속으로 거듭거듭 울부짖으면서
행복 불행을 반복하면서
한 음절 소리도 못된 목멘 설움이다
참을 수 없는 이 무대
보다 초월적이고 싶은데
그래서 매일 매일이 활짝 갠 날이고 싶은데
왜 이렇게 후두둑 물방울로 떨어지는
내 마음 비 오는 날
버리고 싶어도 버릴 수 없고
얻고 싶어도 얻을 수 없는
끝없는 이 미망
위험한 외골수를 홀로 울다.

몸에 기대어 2

내 기대 높은 만큼 그댈 향한
마음아, 쓰러지지 말자
절대로 쓰러져서는 안 된다
빗줄기는 그렇게 최면을 걸며 내리고 있다
부를 때 언제든 반짝 커지는
아하, 아하, 나 센서가 되지 못한
아픔으로 내리고 있다 몸에 기대어
절절한 그리움은 희망도 절망도 아닌 채
넋을 놓고 흐르고 있다
돌아서며 연신 흐르고 있다
오늘 내리는 빗줄기
시간이 얼마 남지 않았는데
가 버린 것에 대하여 연연해 할 일 아니라면서
저리 빗줄기 퍼부으며 내게 타이르고 있다
제 혼에 불을 놓던 목숨
아름다운 산 하나 가슴에 품었으니
그냥 오래오래 바라보자
그렇게 다독이며 빗줄기 강물로 흐르고 있다.

한 줄기 눈물

언제 마음을 얘기했던가
언제 사랑을 얘기했던가
지금 울고 있는 너는 누구냐

그대에게 갔던 일도 없는데
그대에게 버려진 것도 아닌데
지금 등만 뵈며 울고 있는 너는 누구냐

진실로 진실로 그대 원할 때
낮아지고 비워지고 아무것도 아닐 때
그대 내 이름 부를까 몰라

언제나 그 마음 바라다볼 뿐
세월만 흐르네. 그대 귓전 속마음 전하지도 못 하네
몹쓸 병 소식 듣고 행여 날 찾을까 몰라

잊어버리자 해도 친친친
떠나버리자 해도 징징징
어느새 버릇이 된 흐르는 흐르는 눈물.

앞오름

하늘 바람 만나서 한 살림하려고
왕자 자리에 앉아 있는 널 만나려고 내가 갔지
누가 너를 두고 앞오름*이라고 말했을까
불을 뿜어낸 자리, 시간의 저편

봄바람에게 길을 물어 그곳에 달려갔지
아무도 가르쳐주지 않는 길을
노오란 꽃잎에 묻고 싶었지 한마디 말씀은
한 길로 한 길로만 달려오라고

그 어떤 오름이 이토록
편안하고 아름다워 그립게 할까
누구도 네 가슴에 배경한 푸른 초원을
민들레 떼를 이뤄낸 그 사랑을 껴안을 수밖에

삶의 갈등 아픔이나 분노도 다 잊어버리고
동그랗게 삼나무로 서 있는 너는 매력 만점
여행이 끝나도 순순한 지인들 가슴에 남아 있는 곳
네 앞에선 그 어떤 순박한 꿈이라도 방목하고 싶어라.

* 오름: 제주도 방언으로 '산'이라는 뜻.

먼 사랑에게

어이 이토록 서럽게 있는 까닭이온지
각각 홀로 진실을 감추고
어둠 속에서 빛나던 그 별 잊은 것인지
아무것도 나눌 수 없는
내밀한 걸 가질 수 없는 지금
쓸쓸한 음악으로 세찬 바람으로 눈꽃으로
결빙의 가지만 흝고 있는가
죽을 만큼 보고 싶던 사람이온데
이제 기대조차 없는 그 까닭이온지
각각 홀로 가슴 무너진 채
삶이 흔들리고 골똘히 타던 그대 멀어진 때문인지
꽃 피고 꽃 지는 우리네 삶
별 뜨고 별 지는 내력
옛 노래 흔적 없고 열쇠꾸러미도 잃은 채
지금은 서로 다른 길을 가고 있는 까닭이온지.

마라도 와서

62

멀리 꿈결인 듯 아름다운 섬
국토 최남단 마라도 온 날
모든 걸 잊으려 떠나와서도 나는 네 생각뿐
핸드폰이 터지고 횟집이 있고 자장면이 날고
달콤한 바람 파도 소리 꿈결인 듯 설레는
여기 와서도 네 목소릴 듣고프다
난 고프다 고프다 오~마이 달링
내 속내 바람이 엿듣고
닭살이라고 웃는다
웃으면 어떠랴
널 두고 나만이
이 달콤한 시간들 즐기니
바람 소리라도 들려줘야지
천국처럼 아름다운 마라도 와서
꿈 같은 네 목소릴 들어야지
싱싱한 회 많이 먹고 오라는
그리움 묻은 목소리
없는 것 말고 있을 것 다 있는
아, 마라도에 와서
널 두고 나만 와 파도 소리를 낸다
한 폭 그림처럼 서 있는 성당 앞
살아서 꼭 와야 할 마라도 가슴에 새긴다.

속리산에 가서

—竹泉 · 慧苑 내외분께

安 박사 결혼기념일에
충청도 보은 땅 속리산에 가
작은 식탁 마련하고 오순도손 얘기꽃 피우다
낯선 곳에서의 하루를 두 손 모으다
살면서 동행하며 웅숭깊은 세월 속
목소리만 듣고서도 달처럼 환하게 떠오르는 분
사는 일 추구함이 봄꿈만 같더라. 세속을 떠나
선경의 여행 길, 타는 저녁놀 즐거움 가득해라
우리네 삶 그 지치고 힘든 날 많아도
옆을 헤아리며 음표로 가꿔가는 고마운 사랑
언제나 마음속으로 불러 보는 혈육 같은 당신들
모습도 고우셔라. 두 그루 적송이여!
곧은 심지 안으로 모으고
존재의 근원을 향한 그리움 한껏 보듬어
결코 멈추지 않을 소중함 새겨감이네
곱다시 바라봐도 그 풍류
가슴 열어 단비 뿌려가는 저 조요(照耀)* 어디서 만나랴
수천 수만 삶이 어찌 이만하랴.

* 조요(照耀) : 비쳐서 빛나는 것.

다시 꿈꾸지 않아도

1

가슴에 그댈 품었네
오래 오래 기다리려고
말없이 돌아오는 길
긴 날 꿈꾸어 잘 익은 사랑
이 하루 아니면, 이 하루 아니면
영영 만날 수 없는
그 기쁨 하나
가득히 안아 봤네. 소중하게 품어 봤네
이제 난, 이제 나는 한 오백 년쯤
목숨의 기꺼운 보람 껴안고서
다시 꿈꾸지 않아도
이 세상 제일로 행복하리라.

2
가슴에 그댈 품었네
오래 오래 기다리려고
곱게 품어 돌아오는 길
외로운 마음 부풀어 오르는 사랑
이 하루 아니면, 이 하루 아니면
영영 품을 수 없는
그 언약 하나
뜨거운 눈물이네. 간절한 노래이네
이제 난, 이제 나는 한 오백 년쯤
공손하고 깊숙이 사랑 껴안고서
다시 꿈꾸지 않아도
소중한 인연 하나 티 없이 간직하리라.

아직도

내가 왜 이렇게 아직도
오래된 마음의 감기 앓고 있는지
세월이 흘러서 까마득한 그리움이건만
하루 한순간도 떠나질 않네
우리 처음 만나던 날을
잊지 못하네
그대 문득 찾아오려나
찾아올 것만 같은데 세월만 흐르네
아직도 잊지 못하네
온갖 꽃 만발한 사월에 오실까
오월에나 오실까
오색 낙엽 물들면 그때에나 오실까
언제나 보고지운 그리움으로
나의 하루하루는 흔들리고 있는데
우리 함께 걷는 날
다시 또 올까?
그대 날 아주 잊었을까
하마 내 이름도 까맣게 잊어버렸나?
아아, 나는 기다리노니
언젠가 그대 눈빛 속으로 피어오른
그 눈빛 약속 아직도 마음에 간직하고 있는데
좋은 느낌 하나로 나는 살아가는데…….

4부 그대를 그리네

산수도(山水圖)

내 마음속 산수도 한 폭
늘 키 큰 그리움으로만 깊숙이 걸려 있다
세월을 두고 찾아갔으나 운무에 덮여 놓치고만
바라보면 멀어서 아름다웠고 침묵으로 말하여서
손발 부르트도록 더 찾고 싶은 거대한 그의 가슴
무슨 보물섬 하나 숨겨져 있을 것 같은
혼자서 더듬거리는 그 길은
말하자면 고독하고 슬프고 외롭기만 하다
다가가면 가슴 한 자락 내어주고 웃으며
그만 더 멀리 숨어버리는 산
그래서 더욱 숨이 막히고
저래서 때론 길을 잃고 울고 마는
이래서 작별 아닌 작별을 생각해 보는
쉽사리 그 얼굴을 보여주질 않아 더 그립다
가는 길은 힘들고 막막하고 괴로웠으나
또 산은 무한한 생명을 나눠줄 것만 같은데
온통 가슴에 영원이듯 꿈으로 찍혀 있는
살아 있음에 그 절벽 가슴 더듬고 있는 기막힌
이 피할 수 없는 이것은 무엇일까?

그대를 그리네

한 발을 내딛는 데
천 년이 걸렸네
한 발을 내딛는 데
천 년이나 걸렸네

세상의 모든 분노와 어둠
베어 헤쳐주시는 이
산 하나 움직이는
그대를 그리네

사랑은 어디에서 오는가
희망의 끈을 붙잡고
함께 가는 길
거기엔 언제나 그리스도
그대가 있네

봄 강물 흐르고
단비 맞아 싱싱한 잎새
오랜 침묵을 깨고
쨍하니 금이 가네
내가 그대를 그리네.

초대받은 나

세상으로부터 들려오는 소리
귀를 막고
오직 그대 나를 부르는 소리
그 하나에 목숨을 건다

그대의 메시지는
나의 삶을 풍요와 은총으로 내려주시고
우리가 빚어가는 사랑이
얼마나 큰 축복인가를 알게 하신다

인생의 고단한 한 목숨이
그대 이름에서 몇 번이고 새롭게 솟구치나니
사랑의 놀라운 힘이여
서로가 이토록 아름다운 의미가 되다니

고맙고 감사하여라
초대받은 나
언제나 그 자리 그곳에서의 차고 넘침이여
세상 끝까지 함께하리라.

당신 안으로 걸어가

나 당신 안으로 걸어가 어린아이 같은
참 평화를 얻었네 참 행복을 보겠네
세상의 부귀영화 다 잊고
세상의 온갖 죄를 다 씻고
깨끗한 몸과 맘으로 다시 태어났네
하늘을 퍼 나르며 노래 부르고 있네

나 당신 안으로 걸어가 한 생애의 서러움
모두 다 버렸네 모두 다 잊었네
천방지축 흘리던 속됨 다 끊고
좌절과 우울의 터널 벗어나
당신 사랑 실천하는 사람 되려고
공동체 안으로 나아가 웃음 짓네

나 당신 안으로 걸어가 떨칠 수 없던 분노 잊고
용서하는 내가 되었네 따뜻한 삶 되었네
모든 슬픔 지나고 아픔도 잠깐 사랑만이 이겨내리
일체를 버리고 목숨을 내어준
당신들을 생각하며 나도 그 길 위 거듭나기 위하여
감히 시늉이라 손짓 발짓해 보고 싶다네.

길 위에서

그 길을 몰랐을 때는
길이 두려웠었다
너를 넘어서는 너를 향하여
달려가는 내 발길 왜 이다지도
아기 마음 되어 설레는지를
내가 가진 모든 것 중에서
제일은 사랑이라
지금은 미미할지라도 부러움 없어라
나 이 길을 쭈욱 따라 가니 흔들림 없네

그 길을 몰랐을 때는
길이 힘들었었다
씨 뿌리는 사람 네 마음을 알고부터
나도 정갈한 영혼을 지니고서
너처럼 살고 싶어라
내가 가진 모든 것 중에서
제일은 믿음이라
지금은 밭을 갈고 씨 뿌리는 너와 함께
하늘 아래 손잡고 거니는 기쁨이여.

둥그런 사랑

보여주시라
숨으시지 마시고
그 모습 드러내시라
둥그런 사랑

가야 할 길을 일러주는 빛 하나
그 길에로의
한 발자국 한 발자국이
왜 이리 힘이 드는지

그대 안에 숨겨진
아니 내 가슴 안에 머무르신
우리의 가을을 깨우려고
나는 지금 떠나고 있어라

삶이 고달프고 세상마저 어둡다고 느껴질 때
그대 눈빛 머물음은
커다란 선물이어라
그러나 변화하는 모습만이 참 사랑인걸

보여주시라
숨으시지 마시옵고 시간의 힘으로
그 모습 드러내시라
둥그런 사랑.

너는 그립게 있다

하늘 아래 사랑한다는 말
이렇게 고운 말이
이렇게 고맙고 감사한 말이 어디 있을까
목숨을 걸고 달려가는 이 그리움

눈을 뜨면 보이는 곳
이 세상 어디에나 네가 있다
산에도 강에도 거리에도
먹고 입고 즐기며 나누는 이 시간에도

너는 그립게 있다
올려보면 아득한 저 먼 곳에
고독한 영혼 하나 하얀 여백으로 남아
너는 내 안에 그립게 서 있다.

내 시(詩)에는

내 시에는 깨끗한 영혼이
숨 쉬고 있다
나의 나무가 그대 나무에게
다시 약속해 보는 푸르른 꿈
오늘이 있다

내 시의 마음에는 그대 마주친
그리운 눈썹이 자라고 있다
가닿지 못하는 꿈
가닿지 못하는 사랑이
목숨 안에 커가고 있다

인생이란 외로운 길 위에서 띄우는 편지
그대 우러르며 큰 꿈 키우며
그리움은 뿌리를 박고
힘겨운 세월 속 불 켜진 사랑
슬픈 기쁨으로 타오르고 있다.

결단

뽑아버렸습니다
생각을 바꾸고
마음은 하늘 높은 곳 꿈꾸다 보니
온몸에 박힌 못
스르르 뽑히어 나갔습니다
그렇게 단호히 뽑을 줄 아는
결단 있기에
비로소 깨끗한 정경입니다
틀린 길 버리고
새 길로 접어든
아버지 보시기에 참 좋은 모습
죽음에 대비하고
남은 생을 소중히 가꾸기 위한
나는 지금 달라지고
바뀌서 예뻐졌습니다

일어서라 손 내미는 사랑 앞에서는.

꿈꾸는 나무

내 나라엔 봄에도 눈이 내린다
하얀 눈이 내린다
그냥 한나절 내리는 눈이 아니고
벌써 천년이 넘도록
눈이 쌓였다 아무도 밟지 않은
흰 벌판이다
어둡고 춥고 긴 고난의 터널 위로
눈이 내린다 그 누구도 없는
한 세기를 창조할 봄이여
생기 돋는 영혼이여
설레임이여
다 잃은 줄 알았는데
낫지 못할 병인 줄 알았는데
새 땅 새 하늘이로구나
깨끗함이로다
상처를 속속들이 갈아입고
세월을 견딘
제 힘으로 굳건히 설 줄 아는
한 잎의 꿈꾸는 나무.

꿈을 향해서

일어나 일어나라
어서 일어나거라
나를 넘고 꿈을 향해서 거침없이
다시 한번 달려 보는 거란다

일어나 일어나라
어서 일어나거라
나를 넘고 너를 향해서 유쾌하게
다시 한번 뛰어 보는 거란다

깊은 잠에 빠진 내게
물속 깊이 잠겼던 내게
사랑으로 날 부르시네 내 영혼 금이 가네
새벽 종소리 우렁차게 들리네

보아라
세상의 모든 아픔아, 나를 보렴아
병든 몸이 성하게 다 나았음이로다
빛을 향한 그 발길

머리를 어둠에 두지 않고
하늘에 두고 살았음으로
정녕 나무 같아졌느니
봄의 새싹 같아졌느니.

하루하루를

그대가 맨 처음
나에게 들려주셨던 한마디
'그리스도의 평화' 그 후로

하루 온종일 시만 생각했습니다
하루 온종일 책 속에 묻혀 지냅니다
하루 온종일 하늘 우편함 생각만 합니다

나는 아무것도 탐하지 않습니다
나는 아무것도 탄식하지 않습니다
나는 아무것도 오해하지 않습니다

주신 사랑 감사히 받으며
주신 꿈 소중히 키우며
주신 운명 기꺼이 순명하며

그렇게 하루분의 시간을 살아갑니다
그렇게 하루분의 밥을 잘 나누어 먹습니다
그렇게 하루분의 평화가 넘치도록 내게 옵니다

하루하루를 환한 햇볕으로 와
얼음덩이 내 심장 따뜻하게 풀어주는 그대
한 하늘 아래 살고 있으므로……

생명의 길

그리운 이여
오늘도 아버지를 향해 가는 내 마음
빼곡하게 들어 서 있는 인간의 숲을 지나
혼자서 또박또박 가는 내 마음을
보시라
목숨의 길을 열고 빛의 말씀 들으러
달려가는 내 마음을 어여삐 보시라
나는 순백의 백지
그대에게서 나는 처음 듣듯
사랑이라는 말을 배워오네
희망이라는 말을, 고통이라는 말을
죽음이라는 말을, 그리고 부활이라는 말을
영원한 생명의 길을 듣네
나의 모든 것이 아버지에게서 비롯됨을 알 듯
작은 사랑 실천 위해 이웃과 사회 속으로 들어가
함께 그 무엇이 되어야 한다는 사실을
노랑 애벌레가 애벌레의 모습을 포기하고
고치로서의 한 생을 받아들일 때
우리는 나비에게서 부활의 모습을 발견한다는
놀라운 희망의 메시지를 가슴에 새기네
변화하는 삶만이 사랑의 참모습임을
그대에게서 오늘 듣고 또 배우네.

숨은 열매

침묵하고 또 침묵하기엔 너무나 안타깝고
드러내 보이기엔 마냥 어린 숨은 열매

어쩌나 어찌하나 마음 조급하여
때도 아닌 계절에 내민 떫은 생각 한 알

손 붙들지 아니하면 이내 떠나버릴 것 같은
가을날 황홀히 깨어나 하염없이 바라만 보는

어쩌나 어찌하나 시간의 쪽배
아버지, 내게 남은 시간은 얼마나 될까요?

감나무 늙은 가지에도 꽃봉오리 트듯
꽃피우고 열매 맺어 익게 하시려는지

떫은 몸 떫은 영혼이오나 썩지 않고 가을날을 물들게
임의 뜰 안 한 계절을 부디 나에게 주시옵소서.

한 사람 있네

문득 전화를 걸고 싶어지는
한 사람 있네
세상의 한 끝에서
나를 그윽하게 내려다보는
그 한 사람을 나는 아네
무시로 꿈을 꾸는
나를 내가 알고 있네
오늘도 마음이 가난한 내가
눈 가득, 귀 가득, 가슴 가득하게
구석구석 물감이 찍히는 병
나 닮은 영혼 하나
애타게 부르는 소리
차마 아픈 그대를 가슴으로 듣나니
하늘 아래 가장 어여쁜 이여
그러나 어쩌랴, 골똘한 사랑이여
흐르는 시간 속에서도 입술을 닫는
마냥 그리운 간격으로 서서
보지 않고도 보이는 사람
듣지 않고도 들리는 음성
그 한 사람을 나는 어쩌면 좋으냐?

5부 기쁘고 예쁜 자리

오월에

바라보면 가슴이 두근거리는
작은 한 송이 꽃
눈뜨며 일어서는
부활 같은 봄꽃들 보아요
사랑, 그 하나의 신비로움
빨갛게 타고 있는 장미를 보아요
이 은총 은혜 햇살로
스며들어 솟구쳐 와요
열 송아리 스무 송아리로 하늘을 향해
칭 칭 칭 피어나는 그리움
또 이 사무침
울 밖을 한없이 서성대는
나를 보아요

사랑, 오월에 시작하여
가슴 가득 떨고 있는
기쁨과 행복을 보아요
입술은 타고 온몸이 부끄러운
기쁜 속엣말.

그 말을 다 알아듣는

그대는 아무 말씀도 없으셔요
그렇지만 나는 그 말을 다 알아듣는
신령한 가슴을 가졌어요
그대는 하늘이어요 들판이어요 집이어요
의자예요
바람이며 구름이며 바위이고 나무예요
밥이어요 국이어요 김치 깍두기예요
나 또한 그대에게 그 무엇이어요
오늘도 그대는 아무 말씀도 안 하셔요
그렇지만 나는 그 말을 다 알아듣는
신령한 가슴을 가진 꽃이어요 풀잎이어요
아주아주 쬐끔한 연두 잎새 보라색 등꽃
그대 눈빛 머문 곳 어디라도 자라고 피어나는
음표 음표들
그리고 기쁨과 슬픔을 가득 채운
한 잔의 물
한 잔의 술이어요.

맑은 샘 하나

그대는 흐르는 듯 흐르는 듯
물소리로 가만가만 흐를 뿐
그 자리 그대로 천년을 서 계시네요
오늘도 나 혼자 소리쳐
굽어 흐르며 그대 계신 곳 어디라도
흐르고 흘러서 어느 순간
생의 한가운데서 만나지는
오묘한 사랑의 인연을
꽃 한 수레의 꿈을 꾸고 있어요
붉은 노을 되어 외롭게 저물고 있어요
오지 않는 그대만을 기다리어요
그곳 외딴 맑은 샘 하나
퍼내고 퍼내어도 마르지 않는
천국에서의 그득한 배부름 맛보려고
세월도 잊고 흐르고 흘러서
그대 향기로운 관을 우러르고 있어요
한 아름 빛을 캐오려 해요
내 생애 한 계절이
오늘 이 다함없는 그리움으로
붉은 노을처럼 꿈을 꾸어요
그대 하늘에서 춤을 추어요.

너 있는 그곳

나는 왜 그곳에 가지 못하나
너 있는 곳으로 ~끼룩끼룩
폭풍처럼 달려가서 끼룩끼룩 콕콕
꿈이 될 수밖에 없는 내 사랑과의
아픔이 될 수밖에 없는 ~~끼룩끼룩 콕콕
마음의 극지에까지 이르는 나의 속내
온통 무심함으로 끼룩 콕콕 달래 본다

나는 왜 이토록 사무쳐야만 하나
너 있는 곳으로 ~끼룩끼룩
한사코 스쳐만 가는 길 콕콕 내 사랑과의
바위처럼 무겁게 서서 ~~끼룩끼룩 콕콕
아직도 가슴에 얹힌 말을 하지 못하는가
꿈은 결국 나의 절망이 되었다 끼룩끼룩
더 이상 버텨낼 수 없는 아픔이 되었다 끼룩 콕콕

나는~~
나는 왜 끼룩끼룩 거리기만 하고
머뭇거리기만 하고 콕 콕콕
망설이기만 하고 ~끼룩끼룩 콕콕
침묵하기만 하고 ~콕콕 끼룩끼룩
꿈꾸기만 할까 ~끼룩 끼룩끼룩
그리운 그곳으로 날아가지 못할까? 끼룩끼룩 콕 콕콕.

오늘

우리에게 오늘은 있다
그래, 그래, 그렇게 생각하면
오늘 하루가 무사히 내일로
건너가는 소리

우리에겐 내일은 너무 멀다
그래, 정말 그래, 그렇게 생각하면
오늘 하루가 너무도 험난하고 지루한
내일로 흐르는 우리들의 길

우리에게 오늘도 있고 내일도 있다
그래, 그래, 그렇게 생각하면
정말로 환하게 밝아오는
낮에도 밤에도 들리는 노랫가락

우리에게 매일 매일이 있다
그래, 정말 그래, 그렇게 생각하면
그리운 그날이 반드시 오고야 말
오늘 밤도 또박또박 걸어가는 저 힘찬 발소리.

작은 새의 영혼

나 그대를 묶으려 아니 하리니
그대 자유로운 영혼
날개를 달고 끝없이 날아 보시라
천국이 다 할 때까지
그대는 그대만의 세계를 가지시라
높이높이 날개를 달고 날아 보시라
저 하늘 저 노을로
권태란 놈 못 찾아오게
악귀란 놈 못 달라붙게
그래도 인간적인 가장 인간적인 냄새
그리워지면 지상의 풍경들 잠시 구경하시라
마을로 내려와 기웃거리시라
그대 자유로운 영혼 창공을 가르는
저 하늘의 새가 그리하듯이
어디에도 묶이지 말고
그대 스스로를 묶질 마시라
새가 그의 영혼을 묶지 않듯이
그 모든 것들로부터 해방되듯이
영광된 것을 증거하는 그대는
두려움으로부터도 죽음으로부터도 통과한
가장 정직한 작은 새의 영혼
어디로든 어디로든 날아가시라.

하루가 천 날입니다

하루가 천 날입니다
사무치지 않고 어찌 목숨이라 하겠습니까
기다림이 없는 삶이 어디 삶이겠습니까
사랑하다 사랑하다 떠나는 이는
행복하다 할 것입니다
그대를 만날 수 있음은 신의 은총입니다
내 인생에 힘이 되어준
그대 있음에 삶이 이토록 벅찹니다
급하게 달리지 않는다 하여
지금 우리가 가지 않는 것이 아니옵니다
그날은 부드러움과 여유로움으로
우리 곁에 꼭 오리라 믿습니다
서로의 마음에 그림자 짓는 사랑이라는
이름을 가만히 들여다보기로 하여요
저는 지금 아무것도 아닌
한 줌 0입니다 신의 힘이 필요한 나는
많은 가능성을 지닌 그 무엇이어요
나를 빚어주세요 그대의 손으로 사랑과 훈김으로
생명을 불어 넣어주세요
나는 지금 그대를 사무치게 기다리는
더없이 순결하고도 찬연한 한 움큼의
꿈을 품었습니다.

무엇이 나를 이렇게 피게 하는 것일까

오늘도 나는 우리 마을 별들의 학교에 가
천상의 빵을 배부르도록 먹고
기쁘게 집에 돌아와 그 무겁던 몸통 가볍게
동, 동, 동, 떠서 집안 구석구석을
음표가 되어 동글동글 말갛게 돌아다닌다

오늘도 나는 우리 마을 별들의 나라에 가
하늘과 땅을 배경으로 피어나는 복음꽃
영혼 저 안쪽 깊이 든든하게 심어 놓고
마음의 속된 잡풀들 하나씩 뽑아낸다
무엇이 나를 이렇게 피게 하는 것일까

오늘도 나는 우리 마을 별들의 학교에 가
자연이 살짝 그 안을 펼쳐 들려주는 말
사람 사는 건 다 거기서 거기다
한 수 가르쳐 주는 사연
따지고 보면 모두다 나그네 끝없는 여행자임을.

혼자서 알아냄

모든 물상이 있다 하면 있는 것이고
없다 하면 또 정녕 없는 것이란 것을
곰곰이 혼자서 알아낸다
그대는 언제나 그 자리 그대로 있다
분수 모르는 나만이
이렇게 저렇게 생각하고
행복해도 했고 불행해도 했다
떠나고 머물고 오고 가고 있느니 없느니
이게 다 인간의 어쩔 수 없는
욕망의 그물코이다
지금 나는 꽃밭에 앉아 있다
찬란한 햇빛 온몸으로 받으며
저마다 제 빛깔로 제 노래 부르는
세상 안 철 따라 새롭게 피어나는
봄꽃 여름꽃 가을꽃 겨울꽃
만물이 하나같이 제자리를 지킬 때
더없이 아름답다는 것을
혼자서 알아내고 고개 끄덕이는 날
내 마음 부끄러워 얼굴 붉힌다.

기쁘고 예쁜 자리

소중한 나의 별 내 가슴에 살고
지상의 풀꽃도 하늘에 삽니다
멀어도 우리는 서로를 아우르는 사이
빛나며 함께하는 영혼 있어 기쁩니다

그대는 그대의 하늘이 있다 하여도
나는 나의 땅이 있다 하여도
늘 아픕니다 사차원의 세계를 꿈꿔도
그 안에서 초월된 사랑 알게 되었어도

매번 흔들리지만 잘 이겨냅니다 시간의 힘으로
삶의 정답 찾아 그 어떤 장벽도 넘는 나의 눈
부딪는 마음들 헤아릴 줄 아는 거리에 서서
헛된 그물코 만들지 않는 기쁘고 예쁜 자리에 서서

가슴 안 꽃등 켜 영혼의 창 열고 바라보는 밖
그 어떤 고난도 넘어서는 믿음의 꽃핍니다
순수를 꿈꾸는 하늘자리 그대 자리
소박한 흙을 품은 낮은 자리 내 자리

길이 없는 곳이라고 돌아서지 말아요 우리
멀어도 마주보며 언제나 그 자리에서
흔들리지 않고 쓰러지지도 말며
가슴 안 오랜 진실로 평안히 반짝거립시다.

어머니의 뜰

내가 어릴 때 어머니는 한 짐 가득 푸새를 하였다
낮이면 낮대로 동분서주 밤 이슥토록 대식솔들 옷 마련하셨
다. 그중에서도 언니와 내 옷에는 수를 놓거나 명주비단으로
색동저고리와 남색 배자며 꽃분홍 치마를 지으셨다
그때 어린 눈으로 바라본 어머니는 예술인을 능가했다

내가 커서도 내 어머니는 허리 휘도록 음식을 만드셨다
그중 내 맘을 감동케 한 것은 은수저와 유기 반상기를 반짝
반짝 닦아 할아버지 상, 아버지 상, 우리들 상을 따로 따로 정
갈하게 차려내시는 것이었다. 하물며 집안대소사를 말해 무
엇하랴
어머니 솜씨는 집안이며 동네에서 알아주는 보름달이었다

어머니는 평생 심지가 반듯하고 고우셨다
얼굴도 마음 도량이며 머릿결까지도 윤기 자르르하셨다
방방마다 곳간이며 우물가 장독대 치간이며 대문 안을 쓸고
닦고 부셔서 손닿은 그곳이 환하던 것을 생생하게 기억한다
하물며 자식 사랑이야 엄격하여 그냥 넘기는 일 없으셨다

내가 시집온 뒤로도 어머니는 앞뒤뜰 가득히 꽃을 가꾸셨다
장독대와 우물 근처엔 채송화를 키웠고 마당귀 꽃밭엔 수선
화, 꽃무릇, 패랭이, 분꽃, 쪽도리꽃, 접시꽃, 봉숭아, 국화, 울
타리엔 나팔꽃, 화단 뒤쪽엔 매화, 목련, 영산홍, 장미, 라일락,

수국, 감나무, 석류나무, 앵두나무, 대추나무들을 옛스런 고
집으로 키우셨다

지금 어머니는 소리조차 들리지 않는 그곳 하늘나라에서 또
다른 별로 반짝이며 그렇게 아름답게 살고 계실 거야.

우리 언니

우리 언니 얼굴 예쁘게 그리려고
하루 종일 물감을 풀어 봤지만
내 마음 조급해서 고향집만 그렸네

우리 언니 마음 곱게 그리려고
하루, 이틀, 사흘 모란을 그렸지만
내 붓이 무디어서 꽃밭만 그렸네

언제부터였을까
내 마음 가득한 그녀
언제부터였을까 우리 뜰에 가득한 사랑.

어린 날의 꽃잎 보석 같은

어린 시절 유학 가서 언니 보내준 편질 읽다가
난 숨어 울었지, 마음이 멍멍하여 접었다 폈다 했어
그리움도 눈물이 된다는 걸 그때 알았지

고1 언니는 속찬 어른 같았지
사랑한다 어린 동생에게 꽃등 달아준
그리움 기다림이 그토록 큰 설레임이며 기쁨인가를

언제쯤 만날까 그날만을 기다렸지
가곡을 불러주고 시를 읊어주며 꽃을 꺾어주던
그날의 추억 꽃잎 보석인 양 내 가슴에 박혔나 봐.

꽃 속에 담긴 마음

베란다 가득 꽃밭을 가꿔
행복을 분양하는 그녀를 알지
꽃 속에 담긴 마음 모두다 알지
그 집에 가면 꽃향기 있네
야리야리 야리꼬리 야래향 피네
꽃사랑 품어온 자연 되는 이 행복
그녀의 맘속엔 무엇이 살기에
그를 알고부터 詩가 촉 터오네
저절로 저절로 미소가 솟네.

6부 생의 길을 말하다

생의 길을 말하다

1
먼 인생길
꿈과 현실, 안과 밖
그 막막함을 책에게 묻다
머뭇머뭇 마음에게도 물어본다
길은 끝이 보이지 않는 시작인가
멀고도 험한 되돌아갈 수도 없는 길로
오직 자기 혼자서 조심스럽게 한 걸음씩 내딛다
홀로 걸어도 결국 세상과 끊임없이 소통해야 되는
가다 보면 장애물이 있어 깨달음이 오곤 하는
이정표도 없는 덜커덩거리는 시골 산길 같은
가 본 적이 없어 애타고 구불텅한 비포장
길, 허나 오늘 어두워도 사랑이고 싶은
꿈을 돌며 얼마쯤 걸어가야 하는지
한숨을 내쉬며 가는 목적지
너 어디 있느냐고 물으며
먼 별빛 보며 깜깜한
길 가고 또 간다.

2

멈추면 죽는다고 눈 부릅뜨다
목숨이 붙어 있는 한 새로운 언어로
움직이라고 안에서 큰소리가 난다
가고 갈수록 절벽인데
오르지 않으면 안 되는 피할 수 없는 길인데
힘이 들어서 포기하고도 싶은데
때론 갈림길에서 방향을 잃어 헤매기도
하지만 자신의 불 한 점으로 밝혀 가야만 하는
이 고독하고 힘든 걸음걸음 자신과의
싸움만이 길 하나 내는 것이라고
이것이 행복이랄까 기쁨이랄까
작은 산길 하나 되려고 부단히
꿈을 품고서 움직여야만 하는
나의 쉼 없는 이 보폭.

3
가까이 사랑이 있다
낯익은 크고 작은 산이여, 사람이여
살며 사랑하며 길을 가는 건 거기에
사람이 사는 참 까닭이 있기 때문이다
소박하고 단순한 가슴팍에 실핏줄처럼
그 길 위에 인생이 가고 인정도 흐른다
최고의 상봉은 아직 발견되지 않은
너라는 낯선 산
가자, 가자, 산 너머 꿈 너머
해 뜨는 동에서 해 지는 서쪽으로
무서움과 두려움 외로움을 건너서
길 너머 길을 지나 길에 닿을 때까지 가자
우정을 넘어 눈물을 넘어
뜨거운 마음만이 생의 활력소란다
끝없이 산을 외경하지 않고서야
어찌 너라는 산에 닿으랴?

모든 것을 나누는 마음으로
그 어떤 산도 껴안을 수 있을 때까지…….

4

큰 꿈을 품자
자신과의 사투를 벌이자
옆은 그 자태를 쉽게 열어주지 않지만
또 모두에게 꿈이 된다고
오늘 세상길이 말해 준다
이 봉우리 저 봉우리 살아 있는 모든 봉우리 아름답다
사랑하며 노래하며 춤추는 옆 옆이여
지금 이렇듯 꿈꾸며 살아 있는 내가 나의 봉우리로다
어깨동무하는 산맥이여
내 속엔 내 봉우리가 너무 많단다. 살아 있음으로
살아 있음의 눈물겨움이 나의 자존이다
한 방울 피가 식어질 때까지
반짝반짝 꿈꾸는 게
존재 이유다.

5
이 세상에 태어나서
가고 또 가는 길은
고단한 흔적이며 꼭 한 길밖에 없기에
포기하고도 싶은 시험지이자
지울 수 없는 상처가 아닐까
살아온 날도
살아갈 날도 사실은
끝없는 그리움을 찾아가는 일과도 같다
기다리고 기다려도 오지 않는
사람을 기다리는 것과 같다
목숨 다하는 그 순간까지
내 가슴에 먼저 불을 지피고
이 세상 전체를 받아들이며
우리가 서로를 사랑한다는 사실을
확인하고 싶은 것이지 싶다
내 스스로 길이 되는 것이지 싶다.

6
아름다움이 전해 주는 낯선 황홀
그 매혹됨에 이끌리어 가는 세계를
무아지경이라 한다
거기까지 갈 수 있을까 나는
밤 깊도록 안을 밝혀간다
한 생을 바치어 자신의 선택 속으로
미친 듯이 몰입하여 얻고 싶어 한다
땀과 혼으로 자신의 얼굴을 만들고
운명이란 이름으로 詩의 집을 지으며
살아 있는 언어를 찾아서
세상 한 귀퉁이나마 서 있게 하고 싶다
신의 눈썹이 내려다본다고
자주 고민에 빠지는 일이 있다
삶을 맛있게 익혀라 노랗고 멋지게
민들레 한 송이가 온 하늘을
떠받치고 살듯이, 시여!
오직 너만을 향해 자신을 다 투신하는 일
세상은 얼음조각처럼 춥지만
내 어눌한 토막말로 세상에 불 켤 순 없을까
어디선가 본 첫날의 낯선 황홀함
그 매혹이 이끄는 곳에서
내 언어는 경이에 떨고 싶어 한다.

7

생의 길에 어찌 지름길이 있을까
구불구불 아흔아홉 고갯길
하늘, 강, 바람, 꽃, 구름, 비, 숲, 바위, 폭포, 새……
끝도 없이 아름다운 풍광이 펼쳐 있는가 하면
한 치 앞을 분간할 수 없는 우레와 폭풍
즐거웁고 또 위태롭고 팍팍한
세상길 가며가며
그리하여 어느 날 깨우치는
도를 튼다 하기도 하고
꿈에 머물다마는 헛꿈도 있는 길
나뭇잎 하나가 물속이 얼마나 깊은지
보고지고 알고지고 사랑하고파
저 혼자 물 위에 내려앉는 것처럼
세상이라는 삶이라고 하는 바다에 뛰어드는
저 용기라는 이름으로…….

8
끝없이 가는 길 위
매일매일 자신의 느낌표 위에 주문을 걸며
너는 그 산을 넘을 수 있다
그렇게 자기 암시를 하는
멀고 아득한 곳으로 올라왔던 것처럼
어느 정점에서
문득 오르던 길 포기하고
못 견딜 두려움으로
몸 누일 곳으로 내려가야 됨을 깨우치는 것
내가 쓰러져 죽는 날에도
스스로 가슴을 쥐어뜯지 않게
최선을 다 했다고 말할 수 있으면 좋으련만
아니다 아니었다. 열심 하였었지만
그곳에 다다르지 못하였다고
고백하는 시간일밖에 없는
생이라는 답안지.

9
어디에 길은 있는가
많고 많은 길을 두고
한 점을 향해서 나는 간다
우주의 조그만 한 정점에서
내가 선택한 이 길
사랑함으로 운명이 되어버린
길이 있어 길을 가는데
사실은 한 치 앞도 보이지 않는다
하여 점, 점, 점, 길을 내는 것이다
캄캄한 곳에서 밝은 쪽으로
헤매고 날아서 여기까지 왔다
안 보이는 저쪽 길이 있지만
애닯고도 애끓는 그 길을
돌아다보고 싶지만
내가 선택한 이 길이야말로
나의 길이다.

10
땀과 눈물을 건너왔으니 가을이라 말하리라
자신과의 오랜 싸움에서 극한을 잘 이기고
어려웠던 시간들을 건너 뜨거운 모성은
한 그루 나무가 되어 넉넉한 평화로 서 있다
무거운 짐 지고 여기까지 왔다는 게 기적만 같다
때때로 절망하였고 온몸으로 울음 삼켜야 했던
한 생을 생각하면 외면하고픈 버거웠던 길
가파르고 험한 산들을 몇 봉우리 넘어서
비로소 생이란 누구에게나 굽이굽이 외롭고 서러운
그런 거라고 체념하며 깨달음으로 넘어왔던 날들
현실과 꿈 사이에서 힘겹고 지칠 때 있었어도
지켜주는 너 있어 무수히 삶에 도전장을 던지면서
들이받기도 부대끼기도 하며 참 오래 멀리도 순순히 왔다
백년도 함께 살 수 없는 사람이기에 헤아리면
그 품안 넉넉하여 고맙고 감사하고 미안코나
나 이만큼에서 높고 빛나는 왕관을 사랑에게 못주랴
이제 내 뼈로써 맑고 빛나는 가을 겨울을 맞으리라
아름다웠다고 끄덕이며 건너가야 할 은빛 겨울 산하로
무사히 건널 수 있게 따뜻한 가슴을 네게 주겠다.

그리움을 찾아가는 영혼의 불꽃

이 동 희(시인·문학박사)

그리움을 찾아가는 영혼의 불꽃
—황영순 제4시집 『짧고도 긴 편지』에 붙임

이 동 희
(시인·문학박사)

서언—시의 힘

정신은 뜨거우면서도 차갑다. 마음은 수채화 물감이면서도 가을 하늘이다. 시선은 밖을 향하면서도 이내 깊은 내면을 응시한다. 시어는 아끼는 듯 인색하다가도 흘러가는 강물이 되기도 한다. 말씀은 조용한 독백이었다가 어느새 은유와 상징으로 생나무울타리를 세운다. 시제(詩題)는 현실의 마루를 닦는 손길이었다가 고답한 천상으로 비상하는 날개를 손쉽게 달고 난다. 세속을 향한 변설은 차갑지만 자신을 비우는 기도의 어조는 잔잔하고 절절하다. 한 발은 뜨거운 육신의 부름에 미련을 두고 또 한 발은 차가운 영혼의 세계로 다가간다.

차가우면서도 뜨거운 것이 공존하는 정신의 질량은 도대체 어디서 오는 것일까? 현실과 이상을 아우르는 시의 힘은 무엇으로 얻는 것일까? 육신의 부름에도 외면하지 않고 영혼의 울림에도 소홀하지 않는 마음의 파장을 어떻게 갈무리하는 것일까?

황영순 시인의 제4시집 작품 전체를 통독하고 난 뒤, 필자의 뇌리를 스치는 편린들을 생각나는 대로 붙잡아 둔 것이 앞이고, 그런 생각에 놀라다가 부딪친 질문이 뒤다. 어떻게 모순적 개성들이 공존하고 병행하여 한 시인의 세계를 형성할 수 있을까?

이런 질문은 우문이 되기 십상인 줄 알면서도 질문독법을 그만둘 수 없다. 시의 본질이 그렇게 육법전서의 길로 가는 것을 결코 허용하지 않으며, 시인됨의 속성이 한 대상만을 줄기차게 사랑해야 하는 유교적 순애보를 거부하는 존재가 아니던가? 그렇게 창과 방패를 동시에 지상 최고의 품질이라고 고집하며 만들어낸 무기가 바로 시문학이며, 그런 무기를 아무렇지도 않게 독서시장에 내놓고도 부끄러워하기는커녕 으스대는 존재가 바로 시인됨의 특성이 아니던가?

1990년에 노벨문학상을 수상한 옥타비오 파스의 시론집 『활과 리라』를 읽다 보면 이런 주장이 전혀 생경하지 않음을 발견하는 즐거움이라니! 그는 주장한다. 시는 앎이고 구원이며 힘이고 포기이다. 시는 이 세계를 드러내면서 다른 세계를 창조한다. 시는 선택받은 자들의 빵이자 저주받은 양식이다. 시는 격리시키면서 결합시킨다. 시는 여행에의 초대이자 귀향이다. 시는 들숨과 날숨이며 근육운동이다.

시에 관한 이 자유롭기 그지없는 파스의 독설은 여러 페이지에 걸쳐서 계속된다. 그의 독창적인 시론은 듣는 이를 당혹하게 하다가 읽는 이를 귀순하게 하고, 받아들이는 이를 공감하게 하다가 깨닫는 이를 감동하게 한다. 시의 본질을, 시인됨의 속성을 이처럼 적나라하게 눈치 보지 않고 토로해내는 작가를, 시의 진면목을 이처럼 통쾌하게 지적해내는 시인을 필자는 일찍이 만나 보지 못했다.

그런 파스의 시적 진실이 공허한 논리로 필자의 안두에서 떠돌다가 황영순의 작품을 만나면서 비로소 논리의 육신이 옷을 입게 되었음을 실감하였다. 그녀의 분신들이 그렇게 공허한 이론의 육신에 시적 의상을 입히는 것으로 보였다.

뜨거운 시심과 차가운 현실 인식은 균형추를 이루려고 굳이 시도하지 않는다. 그저 아픔과 기쁨이 서로 달리 있는 것 같으면서도 실은 한 뿌리였음을 말하려는 어법일 뿐이다. 삶과 죽음이 별개의 세계인 것 같지만 실은 시작과 끝이 없는 시간의 숙명임을 이야기할 뿐이다. 사랑과 그리움이, 욕망과 기도가, 육신과 영혼이, 인간과 절대자가, 생활과 신앙이, 문학과 종교가 다르면서도 하나이고, 틀리면서도 닮았음을 노래할 뿐이다.

시인의 마음이 아닌 돌멩이의 가슴으로 보면 차가운 것은 차가운 것이고, 미움은 미움일 뿐이다. 그러나 시인의 눈으로 보면 차가움은 뜨거움의 현재 모습이요, 미움은 사랑의 뒷모습일 뿐임을 발견하는 일은 소중하다. 시인의 가슴으로 바라보고, 시인의 마음으로 담아내며, 시인의 정신으로 버텨내는 그 절절한 삶의 안간힘이 순결하고 투명해서 소중하다.

누구에게나 삶은 치열하고 엄숙하다. 고통의 터널을 지나왔다고 해서 누구나 광명한 지상으로 나오는 것은 아니다. 어떤 이는 좌절의 낙석주의 구간을 잘못 걷기도 하고, 누구는 절대 안전속도를 지키지 않아서 추돌하는 삶에 빠지기도 한다. 누구는 자신만의 상향등을 켠 채 마주 달려오는 운명과 대결하는 것도 불사한다.

그러나 고통을 기쁨의 이웃으로 받아들이려는 영혼의 소유자는 생존의 치열함을 제재로 하여 시적 진실에 다가서려 한다. 시가 무엇이라고, 시가 무슨 힘이 있다고, 시가 무슨 불세

출의 구세주라도 되는 것이라고, 시가 영원불멸의 금과옥조라
도 되는 것인 양, 시에 그렇게 명운을 걸고 매달리는 것일까?

그렇다! 시는 힘이 세다. 시는 매우 강력한 힘을 지니고 있
다. 사랑을 잃고 절망에 빠진 연인을 구원해내는 노래의 힘을
시는 지니고 있다. 육신의 고통 속에서도 구원의 빛으로 치유
시키는 위로의 힘을 시는 지니고 있다. 절망의 노래로 희망을
이야기하며, 고통의 신음으로 기쁨의 찬송을 들려주기도 하고,
말도 안 되는 말로 막힌 말문을 트기도 하는 힘이 시에게는 있
다. 그래서 시는 힘이 센 지성인의 무기이자, 무지한 자의 한숨
이 될 수 있다.

어느 시인은 '시는 문맹(文盲)을 부끄럽게 하는 가장 아름다
운 무기'라고 말했다. 여기에서 문맹은 인문학적 진실에 무지
함을 뜻한다. 사람됨의 진정성에 무감각함을 뜻한다. 세계와
주관의 함수관계에서 가장 소중한 '사람의 사람됨'에 의미와
가치를 두지 않음을 뜻한다. 사람을 제쳐두고 다른 무엇을, 어
떤 우상을 옥좌에 올려두고 칭송하고 떠받드는 이교도를 뜻한
다. 사람종교보다 더 위대한 신앙은 없다는 뜻이다.

시는 참과 거짓을 분별하게 하는 안목을 갖게 한다. 시는 아
픔을 신음하면서도 기쁨의 악상을 찾아낼 수 있는 음악이다.
시는 스스로를 위로할 줄도 알고, 시는 타인과 자신을 경계하
는 울타리를 허물 줄도 안다. 시는 비인간적 야만과 비이성적
무지와 비문명적 횡포를 한없이 초라하고 부끄럽게 하는 가장
아름다운 무기이고, 그렇게 강력한 힘을 지닌 무기가 되어야
한다. 세상이 시의 공격 앞에서 즐겁게 투항해야 하고, 사람이
시의 무기 앞에서 아름답게 항복해야 한다. 그래야 지상에 평
화가 오고, 인간 사이에 사랑이 강물처럼 흐르게 된다. 그런 심

미안을 지니지 못한 사람은 모두가 문맹이요, 그런 문맹을 부끄럽게 하는 것이 바로 시문학인 것이다.

황영순의 시에서 그런 가능성을 발견하는 일은 매우 뜻이 깊다. 그녀의 시에서 시가 지닌 힘을 발견하는 일은 즐거움이다. 자신에게는 조촐한 위로와 격려의 메시지를 보낼 줄 아는 시의 힘! 삶의 동반자에게는 감사와 미안한 인사를 정갈한 목소리로 들려줄 줄 아는 시의 힘! 사랑하는 가족에게, 생활의 소도구에게, 절친한 동료에게, 구원의 절대자인 신께, 그리고 자신을 아무렇지도 않게 기억하고 망각하는 사회에게, 시인은 겸허하게 무릎 꿇고 시의 고백성사를 드린다. 시는 그렇게 힘이 있고, 아름다운 무기가 된다.

시에 그런 힘이 있기에 고통 속에서도 맑게 정제된 한 편의 노래를 뽑아낼 수 있으며, 시가 그런 무기이기에 혼란 속에서도 명상의 바람자락을 잡아낼 수도 있는 것이다. 도대체 놓을 수 없는, 결코 놓쳐서는 안 될 사람됨의 그리움을 찾아 황 시인은 오늘도 시문학의 성전에 고요히 마음을 모은다. 그런 마음의 편린들이 과장되지도 않고 지레 질겁하지도 않으면서, 또한 화장하지 않은 '생얼 시심'으로 한 편의 고백서를 들고 우리의 문맹을 깨뜨린다.

고통의 힘

살아남을 수만 있다면 목숨을 건 모험처럼 즐거운 체험도 없으리라. 치유되기만 한다면 한번쯤 사랑중병에 걸려 본들 무에 대수겠는가? 돌아올 수만 있다면 모르는 길에 나서는 나그네가 되는 것도 무난한 일이다. 문제는 목숨을 건 모험은 치명적인 위험이 보장되지 않아서, 사랑중병은 그 회복할 길 없는 예리

한 상처 때문에, 모르는 길의 나그네는 귀환이 담보되지 않은 두려움 때문에 섣불리 길에 나서지 못하는 것이 인생이다.

아픔도 그렇다. 치유될 수만 있다면 저항력을 얻어 잔병치레를 하지 않을 행운도 있다. 그러나 아픔의 공격을 받았다고 해서 누구나 행운을 만나 쾌차하는 것은 아니다. 매서운 슬픔 바이러스 공격에 치명적으로 꺾이는 경우도 적지 않고, 비탄에 빠져 스스로 무너지는 경우도 흔치 않은 것이 또한 인생의 진실이다.

키에르케고르는 이렇게 쓰고 있다. "나의 생애는 하나의 큰 고뇌였다. 누구에게나 이 고뇌가 그 자체로 가치 있는 것은 아니다." 고뇌를 어떻게 체험했느냐는 태도가 중요하며, 고뇌를 어떻게 풀어냈느냐는 결과 또한 중요하다는 뜻이다.

진주조개는 상처를 입으면 그 상처를 보듬어 안고 고뇌하다가 고귀한 진주를 만들어낸다. 상처를 입지 않았던지, 설사 상처를 입었다 할지라도 고뇌하지 않고 지레 자진하였다든지 했다면, 진주조개라는 아름다운 의미를 창조하지 못했을 것이다. 진주조개에게 중요한 것은 상처 입은 고통을 가슴에 끌어안고 고뇌하는 시간을 소유했다는 점이고, 마침내 진주라는 아름다운 의미를 결과했다는 점이다.

지구 안쪽 바람에 쓸리는 춘란 한 분
마음을 비우며 살았다는데
입춘 우수 다 지나가고
그만 끝인가 했는데
청명 곡우 그 절기를 알고
화들짝 소식을 달았다
불러도 응답 없이 詩 속으로 들어가

가부좌를 틀었다는데
몇 천 년의 긴 겨울밤을 꿋나온 자리
황홀한 춤으로 피었다
오오 장한 시간의 힘이
그늘을 박차고 생기로 밝았다
오늘 활짝 열었다.

—〈꽃의 진실〉 전문

십여 년 시의 꽃 속으로 들어가 오로지 시하고만 살고, 시하고만 대화를 나누며, 시하고만 눈빛을 주고받다 보면 이런 꽃을 피울 수 있을까? 만약 그렇다면 누구나, 시인이고자 하는 누구나, 생활의 시인이고자 하는 누구나, 그렇게 아픈 가슴을 마다하지 않을 것이다. 누구나 문맹을 깨뜨리는 일을 어렵다 하지 않을 것이다.

그러나 키에르케고르가 아니어도 누구나 자신의 생애는 고뇌에 찬 역동성을 지녔다고 생각하겠지만, 누구나 이렇게 고통 속에서도 아름다운 꽃을 피울 수 있는 것은 아니다. 누구나 시의 진주를 만들어내는 진주조개가 되는 것은 아니다. 그것이 꽃의 진실이고, 그것이 인생의 진리이다. 누구나 쉽게 문맹의 부끄러움에서 벗어나기가 쉽지는 않은 것이다.

그녀의 칩거는 한 송이 꽃을 피우기 위한 내밀한 아픔이었음을 안다. '지난 한 십 년 그 이후로도' 쭉 그렇게 고뇌의 시간에 잠겼다. 이는 시간의 명분을 쌓는 일이 아니라, 개화를 위해 천둥과 먹구름을 양식했던, 고뇌를 끌어안는 자신의 태도를 드러냈을 뿐이다. 달려드는 심술쟁이 아픔도 뿌리치지 않았고, 훼방 놓는 비바람 질병도 내치지 않았다. 마치 자연의 변화를 동무해야 열매를 향한 꽃을 피우는 나무처럼, 아픔을 이웃하고, 고통을 친구하며, 고뇌를 받아들이는 시간의 동반자, 그런 세월을 살아왔을 뿐이다.

그러고 보니, 그렇게 '마음을 비우고' 살아 보니 꽃이 피는 진실을 터득한 것이다. 누구나 고통의 터널을 지나오지만, 누구나 터널의 어둠을 지워내는 것은 아니다. 가까이 하고 싶지 않은 미움마저도, 원수같이 질긴 아픔마저도 끌어안고 시간 안에서 고뇌하다 보니 꽃의 진주를 만들었던 것이다. 슬픔이 영롱하게 빛을 내는 진주를 만들어낸 것이다.

고통 안에서는 누구나 '그만 끝인가' 절망에 흔들리기 마련이다. 흔들리므로 인간이고, 인간이기 때문에 나약한 법이다. 이 나약한 인간성의 함정을 피해갈 수 있는 길은 무엇일까? 말할 것도 없이 그것은 바로 '시의 힘이요, 고통의 힘'이다. 청명—풋풋한 계절감에 시심을 맡겨두고, 곡우—약동하는 리듬감에 마음을 잡혀두고 살다 보면, 그렇게 고뇌와 함께 자연의 절후를 슬기롭게 지날 수 있다.

누가 부른다고 해서 섣불리 나서지 않는다. 오로지 시문학의 자기장 패각(貝殼) 안에 칩거하면서, 상처가 변용하기를 인내하는 것이다. 가부좌를 틀고 앉아서 상처가 마침내 영롱한 이미지로 환생하기를 기도하며 수행하는 것이다. 숱한 세월이 약이다.

무수한 어둠이 또한 보약이다. 어둠이 항상 부정해야만 하는 특성은 아니다. 어둠마저도 살라먹고, 긴긴 겨울밤마저도 받아들이면서 환생하고 재생하기 위한 고뇌의 시간을 벗하기에 어둠만큼 좋은 것이 무엇이겠는가? 그러므로 어둠은 생명을 부정하는 개념이 아니고, 생명이 부활하기 위한 시간의 동굴이 바로 겨울이요 밤이다. 어둠이 짙을수록 아침은 밝은 것이며,

겨울이 가혹할수록 봄은 더욱 찬란하게 동터오지 않던가!

그렇게 고뇌의 시간을 지나고 보니 바로 '장한 시간'이 '황홀한 춤사위'를 너울거리며 활짝 문을 열고야 만다. 이것이 바로 '꽃의 진실'이고 '인생의 진실'이다. 고뇌의 터널을 지나고 나서, 상처를 보듬어 안고 긴긴 어둠의 가혹한 겨울을 지나고 나서, 비로소 진실은 꽃을 피운다. '고통의 힘'이 만든 진실의 꽃 앞에서 황홀하지 않은 가객이 어디 있으랴.

황영순이 맛본 황홀한 춤사위는 미당이 〈꽃밭의 독백〉에서 맛보았던 저 황홀한 절망과는 다른 차원을 이룬다. 지순하고 내밀한 꽃의 비밀, 헤아릴 길 없는 황홀한 아름다움 앞에서 좌절하고 절규하며, 인간의 한계를 수용하는 미당의 목소리가 절박하다. '…문 열어라 꽃아, 문 열어라 꽃아,/벼락과 해일만이 길일지라도/문 열어라 꽃아,/문 열어라 꽃아,'

그러나 황 시인은 내밀한 고통의 터널을 지나고 나서 맞은 개화(開花)이므로 황홀한 것이다. 미당이 객관적 실체로서 꽃의 아름다움에 질려버린 목소리라면, 황영순은 주체적 실체로서의 자신을 통과하고 피워낸 꽃이어서 황홀한 것이다.

그러므로 미당은 객관적 상관물인 꽃 앞에서 '문 열어라 꽃아!'라고 절규하며 황홀해 하며, 황영순은 주체적 실체인 자신을 향해서 '그늘을 박차고 생기로 밝았다/오늘 문 활짝 열었다'며 황홀해 한다. 꽃은 꽃이로되 앞의 꽃은 절대미(絶對美)의 비의(秘意)를 풀길 없어 절망하며 느끼는 카타르시스라면, 뒤의 꽃은 절대고(絶對苦)의 비의를 풀어내며 얻은 환희로 문을 연 꽃인 점에서 유별하다.

시간의 힘을 먹고 시는 꽃을 피우고, 고뇌의 힘을 통해서 인간은 꽃이 될 수 있다. 이런 심상은 〈문, 처음 열다〉에도 그대로 나타난다. '냉정하게 버렸던 바깥세상/굳게 닫았던 마음의 문, 처음 열다'라고 환호한다. 얼마나 지극한 고통의 시간을 경과하고 나야, 얼마나 아프게 고뇌하고 나서야 이렇게 선언할 수 있을까? 그렇게 지나왔을 어둠의 시간, 결코 짧지 않았을 겨울밤, 그 가혹한 시련이 손에 잡히고 눈에 밟혀서 애틋하다.

그러나 어찌할 것인가? 닫힌 꽃잎을 억지로 열어서[助長] 개화를 촉진할 수 없는 것처럼, 고뇌의 수위에 이르지 않은 감성의 저수지를 눈물만으로 채울 수는 없는 것이 아니던가? 그럴 때 황영순은 또 다른 시의 힘을 비축하고 이를 형상화해내는 방법을 부단하게 닦아왔다. 그리고 그런 삶의 흔적, 고통스러웠으나 결코 비탄에 빠지지 않았던 심상을 그려내고 있다.

사랑의 힘

사람이 고통을 극복하기 위해서는 자발적인 분발과 함께 그 디딤돌이 될 만한 주변 환경이 필요하다. 그런 점에서 가족은 가장 먼저 구비되어야 할 필수 요건이다. 황영순은 그런 점에서 대단한 행운을 갖추었다 해도 과언이 아니다.

그녀는 항상 그림자와 동행했다. 그랬다, '그림자처럼'이라고 해야 딱 어울리는 그림이 보인다. '지난 한 십 년 그 이후로도' 쭉 그녀의 그림자는 양지에서도 음지에서도 동반했음을 안다. 필자와는 생활 근거지가 동일한 좁은 동네에서, 그것도 문학울타리라는 공간 안에서, 그녀가 보이는 극히 제한된 행동반경 속에서, 포착된 장면은 당연하게도 그림자를 동반한 모습이었다. 그림자인 부군 역시 나름대로 사회적인 성취의 과실을 과시할 만한 처지에 있으면서도 기꺼이 시인의 수족이 되기를 마다하지 않았다. 사랑의 동반을 자청하는 그림자, 기꺼이 궂

은일을 마다하지 않는 조력자로서의 역할이 참 보기에 좋았다. 부군은 시인보다 먼저 깨어 시인의 앞길을 쓸었을 것이고, 시인보다 부지런히 시의 뒷마당에 자랄 수도 있는 잡초 뽑는 일에 분발했음을 안다. 이렇게 노심하고 초사하지 않았다면, 어떻게 황영순이 이처럼 황홀한 시의 꽃을 피울 수 있었겠는가?

그녀가 앓았을 시적 열병 속에서 디딤돌이자 밑거름은 순전히 구체적인 사랑의 결정체임이 분명하다. 세상은 아내가 남편을 도우면 내조(內助)요, 남편이 아내를 도우면 외조(外助)라고 하지만, 필자는 그렇게 보지 않는다. 드러난 일을 숨어서 도우면 내조요, 숨겨도 좋을 일을 드러내서 도우면 외조라고 해야 옳다고 본다. 그런 의미에서 황 시인의 부군이 보여준 내조는 문우들은 물론 사랑으로 맺어진 모든 인연들이 귀감을 삼을만한 한 편의 순애보요, 한 편의 사랑시였음이 분명하다.

황 시인이 부군으로부터 받았던 내조는 아내에 대한 지순한 사랑이었으리라. 그러나 그 배경에는 문학의 밖에 있다고 생각하는 문외한(부군)이 문학의 안에서 방황하는 시인(아내)을 향한 줄기찬 희생이자 헌신이었으리라. 문학의 꽃을 피우지 못하고 시들 수도 있는 절박함, 치열한 문학 사랑을 주체하지 못하고 방황하는 동반자의 신음 소리를 외면하지 않고, 그녀의 부군은 기꺼이 생활의 오지랖 안에 감싸안고 보살폈으리라.

그리하여 세상에는 또 하나의 의미 있는 시의 꽃이 피어나게 된 것이다. 그것이 문학의 보편성 속에서 빛이 나는 것은 모든 사랑의 보편성을 담는 문학의 속성 때문이며, 그런 행위가 시의 개성 안에서 아름다운 것은 시적 개성은 곧 시인의 개성이라는 특성과 맞물려 있기 때문이다. 시인의 신음이 시의 꽃으로 개화할 수 있도록 시의 토양을 기름지게 한 사랑의 힘은 아무리 강조해도 지나치다 할 수 없을 것이다.

> 어느 날 문득 깨어 보니 내 안에 고즈넉한 빛
> 소박한 향기로 온 내 반쪽이 서 있었네
> 너무나 가까워서 잘 그릴 수 없던 당신인데
> 오늘에야 우러를 수 있는 심안을 주다니
>
> 힘들고 고단한 세월 속에서도
> 나의 등을 다독이며 슬기롭게 삶 꾸려주는 보람인데
> 보이는 것만이 전부인 양 때론 밀어내고 짜증낸 거 아닌지
> 지금 내 작은 모습 부끄러워 고개 숙이네
>
> 우리 서로 만나서 꿈도 키웠고
> 시들할 땐 채워주며 믿음을 쌓아온 우리 사이
> 멈출 수 없는 한 줄기 노래로 피어나는 내 사랑아
> 지금 나는 고마워 감사해 눈물이 나네
>
> 내 마음속 맑게 흐르고 있는 아아, 이 공기
> 퍼내고 또 퍼내도 다시금 솟구치는
> 깊고도 시원한 당신이란 샘물
> 어루만지고 쓰다듬으며 내 안에 기쁨으로 넘나드네.
>
> ─〈당신〉 전문

명상하는 이의 기도처럼 들려오는 잔잔한 목소리, 읽은 이의 가슴에 그윽하게 담겨오는 사색의 울림, 사랑하는 사람에게 드리는 감사와 기쁨의 인사, 비로소 발견한 듯이 새롭게 돋보이는 반려자의 위상, 생각할수록 넘치는 사랑의 기쁨과 환희….
단언하건대 시문학이 공리적인 가치의 한몫을 인정해 준다면, 그림자 역할로 남몰래 흘렸을 부군의 눈물자국과 땀방울을

닦아주기에, 희생적 헌신에 대한 감사와 보은의 답례로 이 시 한 편을 드린다 한들 누가 있어 부당하다 할 것인가?

사람의 말은 발화되는 순간 약속이거나 맹세이며, 고백이거나 명령이며, 바람이거나 회상이다. 그렇지 않은 말은 단 한마디도 없다. 발화는 대상(수화자─독자)을 지향한다. 그 대상은 발화의 내용을 통해서 발화자의 의도에 반응한다. 발화자 역시 수화자의 반응을 고려하여 발언의 내용과 어조와 톤을 조절한다. 그렇게 말하고 들으면서 인간은 소통하고, 사람다운 삶은 가능해진다.

문학이 무엇이며, 시는 또한 무엇인가? 말의 쓰임과 소통의 경로를 가장 치밀하게 계산하고, 정확하게 조율해서 하는 말이 바로 '문학─시문학' 이 아니겠는가? 사람이 할 수 있는 말 중에서, 사람이 해버린 말 중에서 가장 정치(精緻)한 말의 쓰임, 가장 순결(純潔)한 말의 소통을 시도하여 담아낸 말이 문학이요, 시가 아니고 무엇이겠는가?

이렇게 본다면 〈당신〉에 담긴 시상은 체험적 '사랑론' 이라 할만하다. 고통을 이겨낼 수 있도록, 시문학의 끈을 유지할 수 있도록, 가정의 울타리를 성소로서 건사할 수 있도록, 슬기를 북돋아준 사랑에 대한 고백성사며 감사인사라 할만하다. 그렇게 감사의 인사와 사랑의 고백을 담았다고 해서 시의 위상을 훼손하였다고 나무라지 마시라. 그렇게 시에 기도를 담아내고 바람을 드러냈다고 시의 순수성을 훼손하였다고 꾸짖지도 마시라. 가장 진솔하고 순결한 언어가 시라면, 그런 지고지순한 언어를 드려야 할 대상으로 사랑하고 존경하는 사람에게 드리지 않고 누구에게 드려야 하겠는가!

시어는 일상어와는 그 유통 경로가 달라야 한다고 고집하는 이론가가 있음을 안다. 또한 시어와 일상어가 하등 달라야 할 이유가 없으며, 없어야 한다는 주장을 듣기도 한다. 생각해 보면 두 의견이 모두 일리 있는 생각이다. 실제로 일상의 대화에서도 문학적 표현은 무시로 유통되며, 시의 언어에서도 일상적 언어는 무소불위로 차용되지 않는가. 문제는 듣는 이의 태도며, 구사된 내용의 창조성이며, 미적 장치의 성공 여부에 달려 있다고 보면 무난할 것이다. 그런 요건들을 슬기롭게 충족시킬 때, 우리는 시를 말하는 생활인, 삶을 아름답게 창조하는 시인을 만날 수 있다.

'지나치면 모자람만 못하며, 지나치게 친밀하면 경멸을 낳는다.' 앞은 동양의 금언이며, 뒤는 서양은 격언이다. 모두가 세월의 흐름 속에서 진리로 받아들여지는 귀한 말씀들이다. '너무 가까워서 잘 그릴 수 없던 당신' 그렇다. 지나치게 가깝게 있으면 보이지 않다가도, 자신이 고통의 늪에서 헤맬 때, 잡아주는 손길의 체온을 통해서 뒤늦게 깨닫는 것이 사람이요, 인생의 진실이다. 그런 발견은 역시 육안보다 '마음의 눈[心眼]'이라야 제격이다.

자신의 모습을 적나라하게 드러내는 자는 겸손하고 진실하다. '내 작은 모습 부끄러워 고개 숙이네' 자아의 발견, 네 자신을 알라는 가르침이 비로소 귀에 들리고 가슴에 닿는다. 내가 커지면 상대가 작아지는 관계는 바람지하지 않다. 그 역의 관계도 옳지 않다. 가장 바람직한 관계는 내가 자라면 상대도 자라는 관계라야 한다. 그런데 여기서는 '내 작은 모습에 고개를 숙이는' 관계다. 그것은 바로 상대가 스스로 작아짐으로써 비로소 내가 자랄 수 있었음을 뒤늦게 발견한, 겸손한 자의 깨달음이기 때문에 아름다운 것이다.

그랬을 때 화자가 취할 수 있는 반응은 당연히 '지금 나는 고마워 감사해 눈물이 나야' 한다. 어찌 고맙고 감사하지 않을 수 있으리. 아무리 퍼내도 마르지 않는 '샘물' 같은 존재를 향한 기쁨의 눈물이 또다시 '깊고도 시원한 당신' 이라는 샘물을 채우게 된다. 사랑의 힘, 삶의 진리는 이렇게 아름다운 의미를 창조하는 원동력이 된다.

그 사랑의 힘이 반려자로부터 받은 인간적 고마움을 변용시키면서 나타나기도 하고, 때로는 절대자를 향한 신앙적 고백을 통해서 드러내기도 한다. 그러나 고통을 극복하고 아픔을 치유하는 데 소용되는 사랑의 힘을 변용했다는 점에서 신의 존재나 반려자를 형상하는 데서 조금도 차별을 둘 필요는 없을 것이다. 동일한 시독법을 적용해도 무방하리라 생각한다.

이런 심상과 시의(詩意)는 작품의 도처에서 발견되며 이 시집의 주조를 이루고 있다. 그것은 고통을 극복하는 결정적인 힘이 바로 사랑의 구체성이었던 것처럼, 문학하는 일이나, 시를 쓰는 일이나, 사람 사는 일에 사랑이 아니고서는 이룰 수 없음을 노래한 것이다. 그리고 그 노래가 신께 드리는 감사의 기도로, 사랑하는 반쪽에게 바치는 헌사로 드러난다.

꿈꾸는 힘

황영순의 시문학을 지탱하는 또 하나의 중요한 테마는 바로 '꿈' 이다. 여러 작품에서, 아니 거의 모든 작품에서 꿈꾸는 화자의 모습이 선명하게 그려지고, 직설적으로 드러난다. 그리움과 꿈은 겹치면서도 다른 측면이 있긴 하지만, 꿈과 꿈꾸기는 원인과 결과나 목표와 과정처럼 밀접하게 연결되어 있다. 꿈과 꿈꾸기는 사랑과 사랑하기처럼, 또는 노래와 노래하기처럼 명사와 동사의 관계, 혹은 생각하기와 행동하기의 차원처럼 다르면서도 유관하다. 꿈만 가지고 있어서는 꿈이 이루어지지 않는다. 꿈꾸기를 멈추지 않아야 꿈은 이루어진다. 그리움을 간직한다고 사랑이 이루어지는 것은 아니다. 마른하늘에 오작교라도 놓이기를 바라면서 사랑해야 사랑의 가교가 놓인다.

황영순의 시에는 꿈의 시상이 다양한 이미지를 통해서 그려진다. 어찌 보면 이 시집은 시인의 꿈꾸기 기록장이며, 그리움을 그려낸 마음화첩(畵帖)이라 해도 지나치지 않을 만큼 꿈의 테마가 빈번하게 등장한다.

'아침에 일어나 하늘을 보듯/나에겐 꿈이 있어요' 〈꿈의 주소〉, '나는 늘 꿈꾸었다/배롱나무 옆의 금낭화이었으면 했다' 〈내 옆이 굳건히 버티었으므로〉처럼 시인은 꿈꾸기를 주저하지 않고 선언한다. '사랑하는 아가의 첫봄이/환한 꿈으로 밝아왔다' 〈아가의 첫돌〉, '누구라도 꿈을 보고 싶다면/누구라도 꿈을 만나고 싶다면/제주도를 꿈꾸세요/살아서 만나는 꿈을 품어 보세요' 〈꿈꾸는 제주도〉처럼 꿈의 실현을 당당하게 진언하고 선포한다. 볼 수 없는 환상적 이상일지라도 간직하고 염원한다면 꿈을 실현할 수 있다고 선포한다. 황영순은 꿈꾸기의 선수다. 꿈의 전도사다.

어느 인류학자는 현대인들에게 결핍되어 있는 가장 소중한 것은 '신화의 상실'이라고 말했다. 나에게 말하라면, 현대인들이 상실한 가장 소중한 것은 바로 '꿈의 상실'이라고 할 것이다. 하기는 현실에서 불가능한 세계를 신화로 의탁하는 것이나, 실현 불가능하지만 결코 포기할 수 없는 바람을 꿈이라고 했을 때 신화와 꿈은 동일한 세계일 수도 있다.

그러나 단지 꿈같지도 않은 현실적 욕망을 꿈으로 착각하고 사는 물질주의의 노예들이나, 천박한 자본주의의 하수인들에게 꿈과 이상을 이야기한다는 것은 가당치도 않은 망상일 뿐임을 전제해 두자.

황영순은 꿈이 얼마나 소중한 것이며, 삶을 얼마나 고양시키는 에너지인가를 줄기차게 역설한다. 그런 꿈과 꿈꾸기로 시의 밭에 마음그림을 그린다. 그것이 그의 시세계의 중요한 특성 중의 하나가 되었다. 꿈이 있었기에 고뇌의 터널을 무사하게 지나올 수 있었고, 꿈을 꾸었기에 가장 아름다운 언어의 사제—시인으로 살 수 있었던 것이 아닌가. 그런 의미에서 그녀의 작품 도처에서 넘쳐나는 꿈의 소재와 꿈꾸기 이미지는 지극히 당연한 현상이다.

모든 날들의 아침이 일어서고 있다
간혹 눈먼 세월이고도 싶은
또 꿈은 먼 곳에 있다 하여도
아침은 반짝이는 빛이며 길이다
생명이 있으므로 꽃일 수 있는
이 한없는 떨림, 떨림
시선을 한곳에 못 박고 없는 듯 떠다니는
실은 온몸이 울음이지만
음표다. 느낌표다
삶의 자리에서 매번 넘어서고 있음에랴
주어진 시간이 얼마일지 몰라도
마지막 한 방울 그 순간까지
아침을 퍼 올리면 되리라
나의 아침이 내 생을 봄풀처럼 일어서게 하나 봐.
　　　　　—〈나의 아침이 내 생을 봄풀처럼 일어서게 하나 봐〉 전문

꿈꾸는 자는 절망하지 않는다. '모든 날들이 아침' 이 되는데 어찌 절망할 수 있으랴. 그러므로 꿈꾸는 자는 포기하지 않는다. 어둠 속에 있어도 빛을 그리며, 밤에 눌려 있어도 아침을 기다리는 자는 절망하지 않는다. 절망하지 않음으로, 포기하지 않음으로, 꿈꾸는 자는 언제나 희망을 노래한다. 굳이 입에 담아 희망을 노래하지 않을 뿐이다. 스스로 온몸이 희망이라는 이름의 아침 해가 된다.

'아침' 이 무엇인가? 하루의 시작이요, 호흡의 가동이요, 생존의 비롯함이요, 생명 연소의 시작을 의미하지 않는가? 그런 시작과 호흡과 생존을 화자는 '빛이며 길' 이라고 했다. 광명이며 진리라고 했다. 밝지 않은 길 없으며, 어두운 진리 또한 없다. 진리는 항상 밝은 광명으로 오는 것을 알았으므로 어찌 즐겁고 기쁘지 않겠는가?

그것이 비록 '온몸이 울음이지만' 울음 또한 '음표와 느낌표' 가 되어 화자의 삶을 진동케 한다. '주어진 시간' 을 누군들 알 수 있으랴. 다만 아침을 맞이하는 정성으로, 아침이면 일어서는 봄풀처럼, 진리를 향해서 육신을 일으키고, 광명을 향해서 고개를 들면 그만이다. 그런 향일성, 그런 생명성으로 어둠과 맞서게 한다. 희망이 있으므로, 아침 해가 떠오름으로, 화자의 생은 즐거이 생명작업이 가능한 것이다.

그렇게 봄풀처럼 일어선 생, 죽을 것 같던 절망의 밤을 딛고 화자는 '꿈꾸는 나무' 로 부활한다. 그 나무가 어떤 나무였던가? '내 나라엔 봄에도 눈이 내린다/하얀 눈이 내린다/그냥 한나절 내리는 눈이 아니고/벌써 천년이 넘도록/눈이 쌓였다' 〈꿈꾸는 나무〉 천년이나 넘은 것처럼 느껴지는 까마득한 절망의 시간에도 화자는 꿈꾸기를 멈추지 않았다. 온 생애가

동토지대에 머물러 있는 것 같은 절망 속에서도 '상처를 속속들이 갈아입고/세월을 견딘/제 힘으로 굳건히 설 줄 아는/한 잎의 꿈꾸는 나무'로 소생하였다.

어디를 둘러봐도 하얀 눈만 쌓여 있는 허허벌판 같은 허무한 인생, 끝날 것 같지 않게 이어지는 어둡고 길며 차가운 고난의 터널에 갇혀 신음할 때, 누군들 봄을 기대할 수 있으랴, 누군들 새 땅, 새 하늘이 열리리라고 예상할 수 있으랴? 그래서 꿈꾸기는 소중한 것이다. 꿈속에 있을 때는 꿈이 필요치 않다. 꿈을 상실한 이에게 꿈꾸기는 필요한 것이며, 그럴 때 꿈은 힘을 발휘한다.

꿈은 힘이 세다. 이상은 강력한 에너지를 지닌다. 동토에 잠들어 있는 생명에게도 새 생명을 불어넣어 주며, 천년이나 내려 쌓인 비정한 토양을 뚫고 새움을 트게 하는 힘이 있다. 꿈은 메마른 나무에게 수액을 돌게 하여 한 잎의 꿈꾸는 나무로 굳건히 세우는 강력한 힘을 발휘한다. 꿈이 아니고서는 불가능한 시간의 소생, 생명의 부활을 꿈이 이루어 놓은 것이다.

꿈이 힘만 센 것은 아니다. 꿈은 아름다운 영혼을 지니고 있다. '내 시에는 깨끗한 영혼이/숨 쉬고 있다/나의 나무가 그대 나무에게/다시 약속해 보는 푸르른 꿈/오늘이 있다' 〈내 시(詩)에는〉 영원한 오늘을 꿈꾸는 이는 행복하다. 언제나 오늘을 맞이하는 이는 행복하다. 누구나 오늘을 맞이하려 하지만, 누구나 오늘을 맞는 것은 아니다.

현재는 과거의 누적이 아니다. 오늘은 내일의 예고편이 아니다. 꿈을 통해서 소생한 나무에게, 꿈을 꾸다가 부활한 나무에게 오늘은 삶의 전부일 뿐이다. 오절을 소중하게 여기지 않는 사람은 없겠지만, 그 오늘을 어제의 흔적으로, 미래의 준비운

동으로 생각하는 사람에게 오늘은 그저 무의미하게 허용된 이십사 시간일 뿐이다.

그러나 어제를 잃었던 봄풀에게, 내일을 기약할 수 없었던 나무에게, 오늘은 엄숙한 생존의 은혜가 된다. 오늘은 어제를 잇는 연속극도 아니요, 내일 또다시 이어지리라는 일기예보도 아니다. 다시는 되풀이될 수 없는 단 한번뿐인 삶의 보증수표가 되는 시간이다. 꿈꾸는 화자에게, 깨끗한 영혼을 소유한 시인에게, 오늘은 그 어떤 시간으로도 대체할 수 없는, 맑은 영혼에게 허용된 최대한의 은총이 된다. 꿈은 힘이 세다. 특히 황영순의 시에서 꿈의 힘은 더욱 세게 드러난다!

결언—차가운 불꽃

모두에서도 언급하였지만, 시는 역설의 진실을 본질로 하며, 모순된 진술을 밥 먹듯이 한다. 시문학이 모순을 형용한 의상 걸치기를 좋아하지만, 그것이 시의 운명이다. 일상적 표현만으로는 생각을 온전히 다 담을 수 없다고 판단할 때, 보다 자극적이고 선명한 효과를 기대하며 발언하고자 할 때, 수화자에게 지워지지 않는 의미를 각인시키고자 할 때, 일상적인 대화에서도 불꽃을 튀며 표현의 금기를 간단하게 부숴버리는 것이 말의 운명이다. 우리가 이런 말의 운명에 순응해야지, 말에게 그런 길로 가지 말라고 경고한다고 해서 말이 말을 듣는 것은 아니다. 이것이 언어의 길이고, 이것이 시의 운명이다.

생각해 보면 상호 모순된 언어들을 충돌시켜서 의미역을 새롭게 확장하여 표현효과를 배가시킬 수 있다면, 그런 유혹에 초탈할 시인 논객은 흔치 않을 것이다. 그것이 말의 운명이고, 그것이 문학의 속성이다.

이를테면 '차가운 불꽃'이나, '뜨거운 얼음'이라고 표현해 보자. 이는 분명히 어휘의 사전적 의미로 보아서 모순되고, 그 해석에서 충돌한다. 이를 받아들이고자 작정한 독자나 화자 역시 이 상호 격돌하는 의미의 파장을 놓고 망설이지 않을 수 없을 것이다. 해석의 경계를 어떻게 설정할 것이며, 발언의 진의를 어디에 둘 것인가? 잠시 뜸을 들이게 될 것이다.

그런데 사실 이 표현은 황영순의 시세계가 담고 있는 또 하나의 특성을 규정하고자 할 때, 이렇게 진단하고 싶은 필자의 욕구를 모순형용으로 드러냈을 뿐이다. '차가움'과 '불꽃'은 그 속성으로 보아 수식관계나 동일한 의미망을 지닐 수 없는 어휘다. 차가움은 불을 꺼뜨리는 속성을 지니고 있고, 불꽃은 차가움과 대립되는 '뜨거움'을 본질로 한다. 그런데 어떻게 이 생판 출신성분이 적대적인 어휘를 동일선상에 놓을 수 있다는 말인가? ('뜨거운 얼음'은 '차가운 불꽃'과 동일한 비유적 의미를 담은 것으로, 별도의 언급을 하지 않겠음)

바로 그 점에서 새로운 의미의 추출을 실감하는 즐거움이 있는 것이고, 그 즐거움이 표현의 효과를 배가시킨다고 보았기 때문이다. 그렇다면 황영순이 자신의 시적 표현의 지평을 확장하고, 표현의 효과를 배가시키기 위하여 이런 모순형용을 적극적으로 활용한 것은 당연히 취할 만한 시법이다. 실제로 황영순의 작품에서는 이를 적극적으로 활용하여 시적 의장을 두텁게 하려 한 시도가 여러 곳에서 발견된다.

그리하여 그런 모순형용이 황영순 시의 의미망을 웅숭깊게 하고, 시적 의장을 참신하게 하는 데 기여한다. 이로써 이런 표현의 특성은 그녀의 시세계를 온존하게 들여다보고자 할 때, 소홀히 여겨서는 안 될 매우 중요한 포인트가 된다.

나는 이른 봄날의 짧고도 긴 편지예요
세상의 낮은 곳마다 환생의 꿈을 선물하는
예쁘지 않지만 뽐내지도 않는 모습
모진 겨울을 딛고 봄이면 꿈의 등불로
되살아나는 내 이름은 민들레예요
누군가의 마음에 가닿으리라는 그 소망 간절하여
하느님은 이 못난 나에게도 힘을 주셨어요
세상 어디든 날아가는 기적을 주셨어요
굳세게 잘살라고 용기를 주셨어요
누군가는 나를 캐어 나물 무쳐 먹고
또 누군가는 약을 해 먹고
그 누군가는 아무것도 아니라고 발길질로 못살게 굴어도
미소 지으며 참고 견디는 건 쉬운 일 아니지만
내 마음은 자연처럼 편안한 모습
망망한 시간과 공간을 넘어 바람 타고 하늘로
저 언덕 들판으로 있는 힘을 다해 끝까지 날아서 가요
누군가의 마음에 가닿아 뿌리내리리라는
나는 이른 봄날의 짧고도 긴 편지예요.

—〈민들레〉 전문

'짧고도 긴 편지' 는 모순형용이다. 마치 미워하면서 사랑하거나, 좋아하면서 싫어한다는 표현처럼 구사된 말의 씨앗들이 서로 버성기며 엇박자를 놓는다. 이것이 매력이다. 이것이 시의 언어에 긴장감을 주고 언표된 시어에 새롭고 참신한 함축성을 지니게 한다.

표현만이 아니다. 표현은 내면의 심상을 담아내는 그릇일 뿐이다. 그녀가 감성을 담아내고, 정신을 형상화하며, 영혼의 빛깔을 그려내는 그릇으로서 모순형용은 참신한 효과를 발휘한다. 이 점을 간과할 때 황영순 시의 중요한 금맥을 놓치게 된다.

이렇게 보았을 때, 이 시집에 담긴 작품들을 통독하고 느낀 첫인상—독후감은 그녀의 시적 열정이 매우 '뜨겁다'는 것이었다. 이것을 그녀의 문학 열정이라고 해도 좋고, 시를 사랑하는 치열성이라고 해도 무난할 뜨거움이 있다. 이 뜨거움은 그녀가 생산한 시의 체온을 높이는 데 기여한다.

또 한편으로는 이 뜨거움을 그냥 방출하는 것이 아니라 사려 깊은 명상과 영혼과의 대화를 통해서, 혹은 신앙적 기도를 통해서 온당하고 진지하게 갈무리한다. 인간적으로 겪게 된 고통을 겸허하게 수용하고, 그 고통이 주는 생의 의미를 고뇌하면서 얻게 된 깨달음을 순도 높게 풀어내면서 냉철한 이성이나, 합리적인 생활인의 의식을 회복해내는 점을 엿보게 한다. 이것은 '차가운' 이미지가 아닐 수 없다.

그러니까 황영순은 자신의 전 생애를 시문학의 열정으로 태워버릴 듯이 몰입하지만, 그것을 풀어내는 시적 의장은 사려 깊은 영혼의 소리에 더 가깝다는 것이다. 앞의 특성을 '불꽃'으로, 뒤의 특성을 '차가움'으로 하여 '차가운 불꽃'은 황영순이 시를 창조하는 특성으로 보았다. 뜨거운 문학의 열정을 차가운 이성의 힘으로 제어하면서, 중앙선을 넘어서는 안 될 삶의 운행을 슬기롭게 해내는 시, 그런 삶의 그림이 필자의 뇌리에 가득히 넘쳤다.

'짧고도 긴 편지'에 담고 싶은 시인의 의도도 여기에서 멀지 않다고 본다. 시는 짧은 것이고, 인생 또한 더욱 짧다. 시가 짧다는 것은 문학적 울림이 주는 한계와 시문학이 가지는 어쩔 수 없는 제한성을 무시할 수 없다는 시인된 사람의 자기표현이며 고백이다. '긴 편지'는 그럼에도 불구하고 사랑하는 사람에게, 절친한 친구에게, 소중한 독자에게, 그리고 냉정과 온정을 오락가락하는 세상과 사회에게, 절대적 존재인 신께 해야 할 말, 전해야 할 메시지는 차고도 넘친다.

그럴 때 차용할 수 있는 언어로 '짧고도 긴 편지' 만큼 적절한 표현도 달리 찾기 어려울 것이다.

그런 서정이 군더더기 없이 알뜰하게 형상되도록 기여한 데에는 모순형용의 표현법을 기교로만 수용한 것이 아니었다. 황영순은 시의 의미에서도 모순형용을 효과적으로 구사하여 시의 내용(의미)이 곧 아름다움(예술미)이 되는, 시의 비밀을 간파한 것으로 보인다.

황영순은 이 시집의 서문에서 자신의 분신 같은 시에게 이렇게 명령한다.

"나의 詩여, 푸른 하늘로 저 벌판으로 날아가라!"

또한 시인은 이렇게 규정한다.

"누가 시인을 가난하다 일렀는가? 시인은 자신의 영혼을 깊이 들여다보는 존재며 그 정신 또한 풍요롭다. 한사코 꿈꾸는 씨앗처럼 삶의 껍질을 깨고 있는 이 작업, 詩業에 자기의 전부를 다 바치는 진지함과 엄숙함이 여기에 있다."

둥지에서 길렀던 새 새끼들도 날갯짓이 익숙하면 생존의 공간으로 날려 보내는 어미 새의 심정으로, 슬하에 두고 보살폈던 자식도 성장하면 떠나보내는 어버이 된 이의 마음으로, 황영순은 자신의 새 새끼요, 자식 같은 작품들을 '떠나보냄으로써 성숙시키는' 깨달음을 진술하고 있다.

그러면서 그녀는 다시 그리움을 찾아가는 뜨거운 시의 영혼을 차갑게 불태울 것이다. 시인의 그리움은 끝이 없다. 시의 종착점은 화성보다도 멀다. 인간의 욕망은 달나라는 물론 화성까지도 탐색해내야 직성이 풀린다. 그런 욕망으로는 결코 닿을 수 없는, 무균의 상태로 순수지대에 시문학이 항구적으로 존재하는 한, 순결한 우주를 꿈꾸는 영혼을 소유한 한 시인의 그리움은 계속될 것이다.

　시의 힘을 믿는 시문학의 신앙인으로서, 고통마저도 문학열정으로 극복하여 시력(詩歷)으로 승화시키는 시인으로서, 지속해서 시의 둥지를 틀 것이다. 그곳에 알뜰한 꿈을 담아서 사랑의 체온으로 부화시키는 작업을 지속하면서, 뜨거운 그리움을 찾아가는 영혼의 불꽃을 차갑게 태우리라.